나랑 안 맞네 그럼, 안 할래

나랑 안 맞네 그럼, 안 할래

무레 요코 지음
권남희 옮김

이봄

차례 **Not To Do List**

sheet 1 욕망

sheet 2 물건

sheet 3 생활

1

욕망

그만두면 편해진다

인터넷쇼핑

나는 비교적 일찍 인터넷쇼핑을 시작한 편이다. 그전까지는 책을 사느라 거의 매일 서점에 다녔고, 몇 권씩 사서 헉헉거리며 집에 돌아왔다. 그러다 인터넷으로 책을 주문해서 택배로 받을 수 있다는 것을 알고, 인제 무거운 책을 안고 낑낑대며 걷지 않아도 되겠다고 기뻐한 기억이 난다. 인터넷으로 제일 처음 주문한 것은 역시 책이었다. 그리고 해외 직구도 하게 되어서 일본에서는 구하기 어려운 수예 책, 바비인형 옷, 생활용품을 샀다. 결제는 카드로 했다.

영어는 잘하지 못해서 주문용, 문의용, 클레임용 문장을 항상 컴퓨터 옆에 적어두고, 상품 이름만 바꾸어서 사용했다. 상품을 못 받은 경우는 그림책이 한 번 있었지만, 주문한 서점이 보험에 들어 있어서 책값은 전액 환불받았다. 당시에는 국내 서점을 통해 주문하는 것보다 외국에 직접 주문하는 게 빠를 때도 많았다. 시스템이 정착하기까지 시간이 걸렸다.

인터넷으로 옷을 사게 된 것은 그로부터 3~4년 뒤였다. 인터넷에서 보고 괜찮다고 생각한 옷을 지방에 있는 옷가게에서만 판매하고 있어서 인터넷으로 살 수밖에 없었다. 만약 이 옷이,

"사진하곤 다르네."

하는 등등의 문제가 있었다면, 그다음부터 인터넷으로 안 샀을 텐데 도착한 상품은 사진으로 본 것보다 좋아서 인터넷으로 옷을 구입해도 괜찮구나 하고 계속 사게 되었다.

인터넷쇼핑을 하지 않는 사람들은,

"물건도 안 보고 잘도 사네."

라고 하지만, 치수나 색을 잘못 골라서 후회한 적은 없다. 치수가 중요할 만큼 몸매가 드러나는 옷은 사지 않고, 표시된 치수나 색이 미묘해서 실물과 다를 걱정이 있는 옷도 주문하지 않았다. 치수는 내가 가장 편하게 입는 옷 치수를 적어서 옆에 두고 그것과 비슷하면 샀다.

왜 인터넷쇼핑으로 옷을 사느냐 하면 가게에 들어가서 시착하는 일이 피곤해서다. 옷을 갈아입는 일은 의외로 지친다. 원래 아이쇼핑도 좋아하지 않았다. 사전 조사를 해놓고 어느 가게에서 사기로 정하면 망설임 없이 그 가게로 직진해서 바로 사서 나온다. 옷 한 벌 사느라 이 가게 저 가게 전전하며 이것저것 고르고 싶지 않았다.

점찍어둔 가게에 사려고 한 상품이 없거나 생각했던 이미지와 다르면 사지 않고 나왔다. 뜻밖에 어울리는 옷을 발견하면 그걸 샀다. 하지만 가게에서 물건을 사는 게 즐거운 면도 있는 반면 나이를 먹을수록 부담스러워졌다.

나는 기모노를 좋아하지만, 기성품은 사지 않는다. 소재는 무엇이고 바느질은 어떻게 했는지 궁금해서 시험 삼아 두 번 사봤는데, 모두 만족스럽지 못했다. 맞춤 기모노는 가게에 간 다음 진열품 중에 골라서,

"이걸로 부탁합니다."

라고 하면 체형에 맞게 만들어준다. 어깨, 가슴, 허리, 암홀, 엉덩이, 밑위, 폭 등 체크해야 할 포인트가 많은 양장에 비하면 기모노는 정말로 간편하다. 맞춤 양장도 있지만, 그건 눈알이 튀어나올 정도로 비싸다. 기모노는 10년, 20년 입을 수 있지만,

양장은 큰마음 먹고 맞춰도 그렇게 오래 입지 못한다.

인터넷에서 산 옷은 대부분 평상복이었다. 가끔 비싸지 않은 외출복도 샀다. 처음에는 실패할까봐 불안하기도 했지만, 별 문제가 없다보니 인터넷으로 옷을 사는 게 당연해졌다. 가게를 돌아다니며 옷을 보지 않아도 화면에 상품이 줄줄이 뜬다. 그 중에서 고르기만 하면 된다. 업체가 주문을 착각해서 주문한 것과 색은 같지만 소재가 다른 상품을 교환한 일과 공장 내부 사정으로 인한 상품의 탈색 결함 때문에 환불받은 일 말고는 말썽이 없었다.

그후로 줄곧 편리하게 인터넷쇼핑을 이용해 왔다. 배송도 빨라졌고 실제로 가게에 가서 사는 물건보다 인터넷으로 사는 물건이 훨씬 많아졌다. 책은 대부분 인터넷으로 구매했다. 부피가 크거나 사러 가기 좀 귀찮은 것도 인터넷으로 샀다. 한 주에 한 번, 식료품도 주문했다. 인터넷쇼핑이 없으면 생활이 안 될 만큼 자주 이용했다.

그런데 그때까지 거의 실패 없이 순조롭게 이용하다가,

"어?"

하는 사건이 일어났다.

한번은 오비기모노의 허리 부분을 감싸는 띠를 수납하려고 조립식 옷

장을 토요일 지정배송으로 주문했다. 하지만 원했던 날 도착하지 않았다. 당시에는 배송조회 시스템이 아직 없었다. 회사에 연락하니 담당자가 받았다. 대체 어떻게 된 건지 묻자, 그는,

"그랬어요?"

하더니 입을 다물었다.

"어떻게 된 건지 상황을 알고 싶은데요."

라고 하자, 그는,

"평일 지정이었으면 이런 일이 없었을 텐데."

라고 했다.

'으잉?'

나는 수화기에서 흘러나온 그의 말을 반복하고,

"그 말은 내가 토요일로 배송 날짜를 지정한 게 잘못됐다는 거군요."

하고 조용히 말했다. 그러자,

"아뇨, 그런 건 아닙니다."

라고 했다.

"그렇지만 좀 전에 당신이 한 말은 그런 뜻이에요."

그는 또 입을 다물었다. 고객응대 업무를 한다면 속으로 그렇게 생각하지 않더라도,

"죄송합니다."

한마디로 해결할 문제다. 그 말을 못 한다는 것은 업무 능력이 꽝이라는 이야기. 결국 조립장은 월요일에 받았지만, 배송이 제대로 될까 걱정하는 게 꽤 성가신 일이라는 생각이 문득 들었다. 하지만 자주 생기는 문제는 아니겠지 하며 넘어갔다.

그런데 특히 이 6~7년간 문제가 자주 생겼다. 한 식료품 회사는 정말 심했다. 택배는 '고양이검은 고양이가 심벌마크인 야마토운수'였는데 그곳은 별문제가 없었다. 그 식료품 회사는 초기에는 순조롭더니 횟수가 늘어날수록 주문과 다른 상품이 배송되는 일이 생겼다. 전화로 문의하니 알아보겠다고 했으나, 상자에 물건을 담는 사람이 다른 상품을 넣은 게 분명했다. 누락된 상품은 다시 받으면 되지만, 오배송된 상품을 수거해가지 않고 사과의 뜻이라며 그냥 먹으라고 하는 게 가장 곤란했다.

잘못 온 식품은 내가 별로 좋아하지도 않고 먹을 마음도 없는 생크림이 든 냉동 붕어빵 세 봉지였다. 식료품 회사 이용자 중에는 아이를 키우는 사람도 많을 거다. 그런 사람들이 아이를 위해 산 물건이 들어 있었다. 그러나 내 주위에는 아이를 키우는 이도 없고, 먹을 수 있는 사람이나 먹고 싶어하는 사람도 없어서 정말 죄스러운 마음으로 버렸다.

"앞으로 이런 일이 없도록 하겠습니다."

담당자는 그렇게 말했지만, 반년 뒤에도 주문과 다른 물건을 받았다. 이번에는 냉동 빵이었다. 또 전화했더니 이야기는 전과 같았다. 누락된 물건은 바로 보내겠다, 사과하는 뜻이니 잘못 배송된 제품은 그냥 먹으라고 했다.

"우리 집에선 먹지 않는 것이라서 좀 곤란해요."

"그렇게 말씀하시지 말고 부디 받아주십시오……."

담당자는 목소리가 작아졌다. 지병은 없지만, 가려야 하는 음식이 있는 사람에게 실수로 보낸 음식을 그냥 받아달라고 하면 난감할 뿐이다. 그 회사에서는 반품을 받으면 위생상 문제가 생기니 차라리 상대가 먹어주는 편이 낫다고 생각했겠지만, 나는,

"이게 두번째예요. 또 이런 일 있으면 다음에는 주문을 다시 생각하겠습니다."

하고 전화를 끊었다.

그런데 3개월 뒤, 세번째 오배송이 왔다. 이번에도 역시 어린이용 냉동 과자였다.

'내가 주문한 냉동 닭고기는 어디에?'

슬퍼졌다. 아마 다른 집으로 간 닭고기는 그 집 사람들이 먹

을 수 있을지 몰라도, 나는 아깝지만 이걸 폐기해야 한다. 두 가지 중 한 가지는 제대로 온 걸 보니, 이번에는 냉동식품 상자의 송장을 잘못 붙인 것 같다.

또 회사에 전화를 거니 담당자는 전과 같은 말을 되풀이할 뿐이었다.

"더는 참을 수가 없네요. 탈퇴할게요."

하고 바로 탈퇴했다. 탈퇴 사유에 지금까지의 일을 전부 썼다. 인터넷에서 이 회사를 이용한 고객의 후기를 보면 배송이 잘못된 경우가 많은 걸로 보아 사내 점검 시스템에 문제가 있는 것 같았다. 가격이 비싼 편인 이유도 이런 쓸데없는 일로 비용이 올라서가 아닐까 의심스러웠다. 이 일로 인터넷에서 식료품을 사는 일은 그만두기로 했다.

문제가 있었던 회사를 끊었으니 당연히 문제는 사라졌지만, 다음에는 택배회사에 문제가 생겼다. 신기하게 '고양이'는 전혀 문제가 없는데 '사람택배기사가 심벌마크인 사가와큐빙'은 어찌나 심한지 민영화가 된 뒤에도 날짜지정 배송을 몇 번이나 지키지 않았다. 주위에 물어보니,

"우리는 '고양이'가 문제고 '사람'은 잘해."

라고 하는 사람도 있고,

"딱히 어느 회사와도 문제는 없어."

라고 하는 사람도 있고, 나처럼

"'사람'은 좀 문제가 있어."

라는 사람도 있고 다양했다. 지역에 따라서 상당히 달랐다.

지금까지는 책을 산 서점이 전부 '고양이'를 이용해서 문제없이 잘 받았다. '사람'에서도 배송받은 적이 있지만, 시간 개념이 느슨했다. 나는 거의 집에 있어서 오전으로 배송시간을 지정해도 무사히 받기만 한다면 오후에 와도 된다고 생각했다.

당시 우리 집에서 키우던 고양이가 몹시 좋아한 수입 캣푸드가 있었는데, 그걸 배송하는 택배 회사가 '사람'이었다. 그리고 그 캣푸드 가게는 당일 배송을 강점으로 내세웠다. 도내에 있는 가게여서 주문하면 다음 날 올 줄 알았는데 오지 않았다. 그럴 수도 있지, 하고 너그럽게 기다렸으나 그다음 날에도 오지 않았다. 이건 이상하네, 하고 송장번호로 배송조회를 해보았다. 이때 처음으로 배송추적 시스템을 사용한 것 같다. 결과는 계속 배송중이었다. 오겠지, 하고 기다렸지만 그날 저녁 무렵이 되어도 오지 않았다.

'사람' 영업소에 연락을 했다. 한 남자가 받았다.

"계속 배송중으로 나오는데 지금 물건은 어디에 있는 건가요?"

"글쎄요, 배송중이면 기사님 차에 있을 것 같은데요."

"며칠째 계속 배송중인데 괜찮은가요?"

"글쎄요, 그건 저희도 잘 모르겠습니다."

나는 그의 지나친 무책임함에 울컥해서,

"배송을 맡아놓고 모르겠다고 하면 어떡해요."

하고 화를 냈더니 모든 걸 기사에게 일임해서 자기네는 잘 모른다고 대답했다. 그러고는 알아보고 바로 전화를 주겠다고 했다. 여기서 그냥 어영부영 넘어가게 둘 순 없다 싶어서,

"결과를 알든 모르든 한 시간 뒤에 꼭 전화주세요."

라고 했다.

아니나 다를까, 한 시간 뒤에 전화는 오지 않았다. 또 영업소에 전화해서 아까 전화를 받은 남자의 이름을 말하자 전화를 받은 사람은,

"지금 없습니다."

라고 했다. 네에? 하고 어이없어하면서 지금까지의 사정을 얘기하고,

"당신들한테 얘기해도 별 소용이 없겠군요. 기사님에게 직접 전화할 테니 휴대전화 번호 가르쳐주세요."

하고 번호를 물어서 기사에게 전화를 걸었다. 그러자, 귀찮은 듯한 목소리로

"예에."

하고 전화를 받았다.

"택배가 며칠째 배송중인데 어떻게 된 걸까요."

되도록 차분하게 얘기하자,

"앗."

하고 그의 목소리가 바뀌었다. 계속 영업소와 연락했더라면 어땠을까. 아무래도 원만하게 대처했을 것 같지 않다.

내가 주소와 이름과 송장번호를 말하자,

"저어, 차에 실은 채 깜박했습니다. 죄송합니다."

하고 사과했다.

"그럼 언제 받을 수 있을까요?"

"지금 당장 갖다드리겠습니다."

3일 동안 방치된 물건은 40분 뒤에 도착했다. 물건을 받을 때 기사에게는 그냥

"수고하셨어요."

라는 말밖에 하지 않았다. 그래도 당일배송을 강조하는 펫푸드 가게에는 이 건을 전하는 편이 좋다고 생각하여,

"귀사와는 직접 관계없는 택배회사의 문제이긴 합니다만."

하고 일련의 문제를 메일로 알렸다. 그랬더니 그곳 담당자가,

"그런 말도 안 되는 일이."

하고 격노했다. 관할영업소에 보고할 테니 담당기사 이름을 가르쳐 달라고 했다. 나는 물건을 받았으니 상관없었지만, 가게 입장에서는 신용 문제이니 지나칠 수 없었을지도 모른다.

며칠 뒤,

"저희 관할영업소에 잘 얘기해두었습니다."

하는 연락을 받았다. 인제야 제대로 배송되는가 기대했더니, '사람'은 여전히 느렸다. 그러고 얼마 뒤부터 그 배송기사는 오지 않았다.

날짜를 지정하지 않으면 또 계속 차에 싣고 다니는 게 아닌가 걱정이 돼서, 이 일 이후로 날짜를 지정했지만 완전히 무시. 오전 중으로 지정해도,

"이 동네에 늦게 도착해서요."

하고 오후에 갖고 온다.

어느 날은 밤에 택배가 왔다. 책을 주문했는데 상자 크기가 이상해서 자세히 보니, 이웃 주소로 온 케이크였다. 날짜지정이 되어 있는 택배여서 황급히 영업소에 전화하여,

“지금 막 택배를 받았는데 잘못 온 것 같아요.”

하고 전화를 끊자마자, 젊은 택배기사가 잘못 배송한 것을 알고 찾으러 왔다.

“기다리고 있을 텐데 빨리 갖다 주는 게 좋겠군요.”

그랬더니 그는,

“아, 그러게요. 죄송합니다.”

하고 달려갔다.

‘부재중 배송안내표’가 다른 집 우편함에 들어가 있어서 그 집 주인이 갖다 주지 않았으면 몰랐을 뻔한 적도 있다. 그날, 계속 집에 있었지만, 배송은 오지 않았다. 인터폰으로 다른 집을 잘못 호출했는데 그 집이 부재중이니 부재중 배송안내표를 넣고 돌아간 것 같다. 이 기사는 문제가 생기면 정중하게 사과해서 느낌은 나쁘지 않았다. 아침부터 밤까지 계속 배송하니 힘들었을 거라고 생각한다. 이것은 기본적으로 회사 시스템 문제가 아닐까.

‘고양이’는 제대로 하는데 어째서 ‘사람’은 제대로 못하는지 이해할 수 없었다. ‘고양이’ 영업소는 근처에 있지만, 우리 지역을 담당하는 ‘사람’ 영업소는 그보다 거리가 멀다. 그런 문제도 있는 것 같다.

그후로 몇 번이나 택배가 방치됐다. 타이밍 문제인지 영업시간에 영업소에 전화를 해도 아무도 전화를 받지 않는 일이 허다했다. 인터넷으로 배송조회를 해도 며칠째 배송중에 멈춰 있어서 현재 택배가 어떻게 되었는지 알 수가 없다. 이런 게 싫어서 인터넷으로 물건을 살 때 택배회사가 '사람'뿐이면 사지 않았다.

하지만 택배도 배송되지 않고, 조회도 되지 않는 일이 그후로도 세 번쯤 있었다. 한번은 전화를 받은 영업소 직원이 정중하게 사과하며, 30분 뒤에 도착하도록 하겠다고 하더니 정말로 평소의 택배기사가 아니라 다른 남성이 배송해주었다. 뜨개질을 하려고 대량으로 털실을 샀더니 이것 역시 배송되지 않아서 메일을 보내자, 바로 물건이 왔다. 전표를 보니 나는 날짜 지정을 하지 않았지만, 업체가 신경을 써줘서 주문일 다음 날짜로 지정했는데 그래도 배송이 되지 않은 것이다.

예약 주문한 옷이 완성되어 보냈다는데 3일이 지나도 오지 않더니 그것도 어디론가 사라져버렸다. 옷을 보낸 업체에서 관할영업소에 연락하자 그날 밤에 바로 받았다. 개인이 영업소에 연락하기보다 영업소끼리 얘기하는 게 훨씬 원만하게 진행되는 것 같았다. 그러나 자꾸 문제가 발생하니, 고양이 사료나 무거

역시 '고양이'가
제대로 하는군.

운 물건을 구입할 때 말고는 되도록 인터넷쇼핑을 그만두는 편이 좋겠다고 생각했다.

그후, '고양이'가 택배 물량이 많아서 대처하지 못하고 있다는 뉴스를 보고, 너무 편리를 추구하는 바람에 그들에게 부담을 주고 있다는 걸 알았다. 노동에 상응하는 급여를 받고 적당한 휴식을 취하지 않으면 사람다운 생활을 해나갈 수 없다. 우리 집에 배송 오는 '고양이' 기사들과 종종 잡담을 나누면,

"눈코 뜰 새 없이 바빠요."

라는 이야기를 자주 듣는다. 설 연휴에도 1일에만 쉬고, 2일부터는 일을 하는 게 아닐까. 집에서 편하게 주문하면 눈, 비, 태풍 오는 날에도 '고양이'나 '사람'이 현관까지 배송해 준다. 그게 당연한 일이 돼버렸다.

'고양이'의 노동 문제가 뉴스로 나온 뒤, 어째선지 '사람'의 배송이 믿을 수 없을 정도로 순탄해진 게 신기했다. 거래처나 지인이 보내준 날짜지정 택배도 잘 지키고, 지금까지 연속으로 문제가 터진 게 거짓말 같았다. 회사가 시스템을 바꾸었거나 뭔가를 개선했을 것이다. 그런데 인터넷으로 추적해보면, 아침 7시 전부터 배송을 하고 있다.

예전에 오전 배송으로 지정해도 오후에 배송될 때는 배송

시작 시간이 더 늦었다. 택배는 도착했지만, 배송 출발시간은 늦어서였을 거다. 그러나 어쨌든 택배기사에게는 부담이 된다. 한 개 배송하면 얼마 하는 식의 보합제실적에 따라 임금을 지급하는 제도가 아니라면 더욱 그들에게 부담을 덜어주는 게 좋다. 지금은 배송이 아주 원만하지만, 나는 물건을 바자에 내놓거나 고양이 사료를 상자째 사거나 해서 꼭 필요한 경우가 아니면 택배를 이용하지 않기로 했다.

이제는 옷도 책도 인터넷으로 사지 않는다. 택배는 출판사에서 오는 교정지 정도다. 오배송 문제가 없어진 것과 동시에 인터넷쇼핑을 끊다니 '타이밍이 안 맞는다'고 할 수밖에 없다. 그렇게 생각하던 차, 최근에 '사람'의 상태가 또 원래대로 돌아가고 있다. 왜 그럴까.

또 한 가지, 인터넷쇼핑은 편리했지만, 상자 처리가 점점 귀찮아졌다. 한창 인터넷쇼핑을 이용할 때는 밖에 나가서 가게를 돌아다니는 것보다 집안에서 상자를 펴서 끈으로 묶는 게 더 편했다. 그러나 지금은 그렇지 않다. 인터넷쇼핑 횟수가 줄면 그만큼 그 작업을 하지 않아도 된다.

거의 매일 여러 개의 택배가 올 때는 재활용품 버리는 날에 상자를 일일이 펴서 묶은 다발을 매주 대량으로 버리러 나갔지만, 지금은 한 달에 한 번 정도만 하니 정말로 편해졌다. 한 가지를 그만두면 줄줄이 편해진다는 것을 알게 되었다. 앞으로도 이렇게 나이를 먹어가는 내게 부담이 되지 않는 방법을 찾아나가야겠다.

콤플렉스를 지우는 일

화장

화장에는 남들만큼 흥미가 있었다. 학생 때는 지금과 달리 가볍게 살 수 있는 저가 화장품이 거의 없었다. 화장품값은 아르바이트비로 해결해야 했다. 그러나 학비를 벌어야 해서 아르바이트비를 타면 우선순위가 학비, 책, 음반, 언젠가 해외여행을 가기 위한 저축, 그다음이 옷이었다. 화장품은 필수품이 아니었다.

당시에는 자외선 차단을 강조하지 않아서 민낯으로 다니는 여학생이 많았다. 예술학부다보니 화장하는 남학생도 있었다. 각자 취향대로 하고 다니는 것을 보고 여자라고 꼭 화장을 해야 하는 건 아니라고 생각했다. 하지만 흥미는 있었다.

어떤 책을 읽고, 어떤 음반을 들었는지는 또렷하게 기억나는데, 스무 살 때 화장을 어떻게 했는지는 아무리 애써도 기억이 나지 않는다. 립스틱을 바른 것은 한참 나중이었고, 분과 립크림 정도를 바른 것 같다. 흥미가 있다고 말했지만, 내게 화장은 생활을 위해 필요한 순위에서 저 아래쪽이었다.

스무 살 때, 미국 뉴저지주에 있는 엄마 친구네 집에서 3개월간 지낸 적이 있다. 1달러가 300엔 하던 시절인데, 일본에서는 백화점에서 비싸게 파는 외제 화장품을 슈퍼마켓에서 대량으로 싸게 파는 것을 보고 이것저것 사서 발라보았다. 주로 보급품인 레브론리퀴드 파운데이션과 코티 파우더를 사용했다. 포인트 메이크업은 하지 않았다. 화려함보다는 피부 보호를 위한 화장이었다.

그렇긴 하지만 예쁜 색을 보는 것은 좋아해서 일본에 돌아온 뒤에는 신주쿠의 다카노에 가서 런던 화장품 'BIBA' 1960~70년대 런던의 유명 패션 숍를 샀다. BIBA의 컬러 파우더는 수십 가지 색이 있어서 아이섀도나 볼터치로도 사용했다. 500엔짜리 동전보다 한 치수 작은 검은색 뚜껑 케이스로 검정 바탕에 금색 BIBA 로고가 멋있었다.

일본 제품으로는 테이진 파필리오에서 젊은 여성 대상으로 가격을 낮추어서 발매한 도자기 꽃무늬 뚜껑의 'JACO'를 좋아했다. 파란색 매니큐어를 본 것은 JACO가 처음이었다. 이 용기에 든 립글로스도 좋아했지만, 바르는 것보다 갖고 있는 게 즐거웠다.

그후 광고회사에 취직했더니 영업부에 배치됐는데, 업무 특성상 화장을 할 필요가 있었다. 기초 화장품은 미국에서 대량 구입한 것이 아직 남아 있었고, 본가에서 다닌 덕분에 지갑에 다소 여유가 있어서 부족한 화장품을 더 샀다. 새삼 일본 화장품 가격에 분노했다.

당시에는 백화점 화장품매장이나 화장품가게 직원들이 집요했다. 그냥 마스카라만 필요한데,

"눈썹이 그게 뭐예요? 제대로 그려야 돼요."

"눈을 더 커 보이게 해 보세요."

하고 나의 콤플렉스를 쿡쿡 자극했다. 화장품매장에 갈 때마다, 갖고 싶었던 것을 드디어 샀다는 기쁨과 불쾌함 둘 다 안고 돌아왔다. 다카노에서는 상품을 마음대로 골라서 계산하는 방식이어서 BIBA 화장품이 점점 늘어났다.

일단 풀메이크업을 할 수 있도록 갖추었지만, 집에 오는 시간은 밤 12시였다. 아침 7시 반에 집을 나가는 생활을 하며 풀

메이크업을 하고 출근하는 일은 고통 그 자체였다. 학생시절부터 화장을 해 온 사람들은 익숙하겠지만, 나는 피부화장은 그렇다 치고 색조화장하는 법을 모른다.

쌍꺼풀이 있는 사람은 쌍꺼풀 부분에 아이섀도를 바르면 되겠지만, 홑겹은 어디까지 칠해야 할지 감이 잡히지 않는다. 눈썹도 너무 선명하게 그리면 짱구 같고, 립스틱을 바르면 쥐 잡아먹은 것 같다. 원래 입술 색이 진해서 색이 연한 립크림만 발랐다. 건너뛰어도 되는 건 다 건너뛰어서 화장이 언제나 어설펐다. 마스카라가 번져서 눈밑이 시커메졌지만, 일일이 신경쓰기도 귀찮았다.

직장 때문에 풀메이크업에 필요한 화장품을 다 샀지만, 그 광고회사는 반년 만에 그만둬서 색조 화장품은 쓸 일이 없어졌다. 아이브로우, 볼터치, 아이섀도, 마스카라를 직장 다니는 엄마에게 드렸더니 기뻐하셨다.

백수로 집에서 뒹굴거릴 때는 물론 민낯이었지만, 밖에 나갈 때는 피부화장 정도는 했다. 지금까지 쓰던 스틱이나 리퀴드 파운데이션이 아니라 파우더 타입이 일반화되어서, 리퀴드 파운데이션이 떨어진 뒤로 국산 파우더 파운데이션을 사용했다. 분이 파우더 타입 파운데이션으로 바뀌었을 뿐, 눈썹도 그리지 않고 볼터치도 하지 않고, 립스틱도 좋아하지 않아서 바르지 않았다.

나는 화장에 흥미가 있긴 했지만, 화장을 진하게 하는 사람은 싫었다. 예쁘게 보이고 싶은 마음은 알겠지만, 나이에 관계없이 화장을 진하게 하면 오히려 역효과인 경우가 있다. 더 옅게 해도 예쁠 텐데 진하게 칠해서 답답했다. 메이크업 베이스를 너무 발라서 얼굴색이 초록빛이거나 잿빛인 사람도 있다. 그런 사람들은 꼭 눈화장을 강렬하게 한다. 지금은 옅게 발라도 피부트러블을 덮어주는 파운데이션이 많지만, 당시에는 아직 품질이 따라가지 못해서 커버하려다보면 화장이 진해지는 일이 많았다.

화장에 관심이 많아서 다양한 화장품 관련 책을 읽어보니 화장품 회사 뒷얘기라든가 화장품이 피부에 미치는 악영향을 알게 되어, 화장을 계속해도 괜찮은가 생각한 적도 있다. 현미를 먹고서 변비를 고친 건 좋았지만, 20대 중반부터 피부가 민감해져서 피부에 맞는 화장품을 찾느라 고생했다. 그러나 피부화장을 하지 않고 민낯으로 다니는 건 곤란했다. 자외선 문제가 있기 때문이다.

화장품이 화학물질 덩어리란 건 알지만, 그렇다고 해서 유기

농화장품이 피부에 꼭 좋지만은 않다는 건 훗날 몸소 알게 됐다. 트러블이 일어날 가능성이 낮을 뿐, 유기농이라고 다 괜찮은 건 아니다. 아닌 건 아니었다. 피부에 안 받는 화장품도 있었지만, 자외선 차단 지수인 SPF가 낮은 제품이 피부에 부담이 덜했다. 수치가 30을 넘어가면 좀 힘들고, 25 정도가 한계. SPF 50인 화장품도 많이 나오고 있는데, 나는 피부 문제 때문에 화장품 고르는 것도 일이다.

마흔 살까지는 화장 기술이 없으니 오히려 늙어 보여서 피부화장만 했다. 그런데 어느 순간부터 화장을 하면 더 젊어 보여서 화장을 하는 게 낫겠다고 생각했다. 피부화장에 한 가지 추가한 것은 립스틱이었다. 트러블이 없는 제품 중에서 골라야 하니 마음에 쏙 드는 색이 아니라,

"이 정도면 그냥저냥."

싶은 걸 썼다. 가끔 유명 브랜드 제품도 사 보았으나, 바르니 뭐가 나기도 하고 입술도 텄다. 조금은 나아졌지만, 지금도 그런 경향이 있어서 아무 화장품이나 사용하지 못한다. 그것도 역시 화장을 즐기지 못하는 이유가 되었다.

립스틱 다음에는 눈썹을 그렸다. 립스틱을 바르지 않으면 얼굴이 맹해 보이기 시작했는데, 몇 년 지나니 립스틱을 발라도

눈썹을 그리지 않으면 얼굴이 맹해 보였다. 아랫볼이 불룩한 내 얼굴에는 얼굴 아래쪽에 포인트를 두기보다 위에 두는 편이 낫지 않을까, 나름대로 생각했다. 광고회사에 다닐 때, 펜슬 타입의 아이브로우를 사용하니 넙데데하고 입체감 없는 눈썹이 되어서 파우더 타입을 사용했다. 눈썹이 또렷해지니 립스틱을 바를 필요가 없어서 다시 립크림만 발랐다.

나이를 먹을수록 역시 립스틱이 나아서 다시 바르고, 얼굴이 처지는 걸 가리고 혈색을 보충하기 위해 볼터치를 사용했다. 아이라인, 아이섀도, 마스카라는 사용하지 않았다. 눈이 작은 나한테는 무엇보다 필요한 눈화장이 가장 자신 없었다.

한때 부드러운 펜슬 타입으로 홑꺼풀을 따라 아이라인을 그려 본 적도 있었다. 확실히 눈은 나름대로 또렷해졌지만, 아이라인을 그리면 팔자 주름이 두드러지는 것 같아서 그만두었다. 마스카라는 원래 눈 주위 피부가 약해서 되도록 칠하고 싶지 않았다. 30대 때 유명한 남성 헤어메이크업 아티스트에게 메이크업을 받을 때,

"무레 씨는 이 홑꺼풀과 아래로 향한 속눈썹이 매력이니까 억지로 마스카라를 발라서 올릴 필요 없어요."

라고 해서 그 말을 철석같이 지켜 왔다. 오랜 세월 콤플렉스

였는데 처음으로 칭찬을 들었다.

환갑 때까지는 피부화장 이외의 화장품을 써 보기도 하고 끊어 보기도 하고 반복했지만, 일어나서 거울을 보고,

"뭐지, 이거."

하고 내 얼굴을 보고 놀란 적이 한두 번이 아니었다. 아줌마라면 몰라도 거울 속에 아저씨가 있으니 아무리 둔한 나였지만 어찌해야 하나 고민이 됐다. 거기에 박차를 가하듯이 그러잖아도 작은 눈이 점점 더 작아졌다.

젊은 인기 배우가 어떤 여성 스타일을 좋아하는지 들어보니,

"아침에 일어났을 때 예쁜 사람."

이라고 했다. 나는 그에게 살의를 느꼈다. 그런 여성은 오드리 헵번 정도밖에 없다. 그러나 그는 그후 예쁜 배우와 결혼했다. 그가 바랐던 그런 사람이어서 수긍이 갔다. 아침에 일어나면 성별마저 바뀌는 나 자신을 떠올리니 한숨만 나왔다.

아이라인을 그리니 팔자 주름이 두드러진 것은 어중간하게 그려서가 아니었나 싶었다. 팔자 주름을 극복할 정도의 눈화장이라면 덜하지 않았을까. 텔레비전에서 나보다 연상인 여성을 보면 아이라인을 선명하게 그리고, 눈을 진한 라인으로 둘러싼 사람도 있다. 그러다가 자칫하면 만화 같은 얼굴이 되니까 따

라하기 어렵다. 최근에 중년 여성을 대상으로 메이크업을 가르쳐주는 프로그램에선 역시 얼굴 아래보다 위에 포인트를 두고 립스틱은 반짝거리지 않는 것이 좋다고 했다. 내가 갖고 있는 립스틱은 전부 반짝거리는 것이어서,

"맙소사"

하면서 화면을 보았다.

그것을 보고 자극을 받아, 넙데데한 얼굴을 조금이라도 입체적으로 보이고자 파우더 타입의 하이라이터를 샀다. 사용설명서를 보며 바르고 난 뒤, 그 얼굴로 사람을 만났더니,

"오늘 얼굴이 부었네요."

라고 하는 게 아닌가. 아마 하이라이터를 엉터리로 발라서였던 것 같다. 이 일로 인해 넙데데한 얼굴을 무리해서 입체적으로 보이려고 해봤자 소용없는 짓이란 걸 깨닫고, 하이라이터는 봉인했다.

바탕이 바탕인 만큼, 얼굴로 홈런을 치는 것까지는 바라지 않지만, 연속 삼진만큼은 피하고 싶었다. 적어도 행운의 안타로 1루에 나갈 정도는 되고 싶었다. 시험 삼아 한번 제대로 풀메이크업을 해보려고 근처 화장품 가게에 가서, 저렴한 아이라이너, 아이섀도, 마스카라를 사서 거울 앞에 앉았다.

아이라이너를 두껍게 그리면 눈이 강조되는 동시에 자연스럽게 보인다고 했지만, 눈꺼풀 가장자리에 한 줄 긋는 정도로 내 눈은 달라지지 않았다. 어느 정도 눈이 커보이도록 아이라인을 그려보려고 했지만, 그 두꺼움이 상상을 초월했다. 이내 무서워져서,

"안 되겠다, 이거."

하고 포기했다. 눈을 감았을 때 눈꺼풀 가장자리에서 최소 5밀리미터 폭의 라인을 그리고, 그 위에 아이섀도를 발라 조금 번지게 하지 않으면 효과가 없었다.

사람은 눈을 계속 뜨고 있는 것이 아니라 연신 깜빡인다. 눈을 감을 때마다 안쪽의 5밀리미터 폭의 라인이 보이는 것은,

"나, 열심히 눈 커보이게 했어요옷."

하고 어필하는 것 같아서 너무 창피하다. 마스카라도 발라보았는데, 품질이 좋아져서 눈 밑까지 번지진 않았지만, 나에게는 위화감만 들었다.

전에 나처럼 홑꺼풀인 사람이 폭 7밀리미터의 회색 아이라인을 그린 것을 본 적이 있다. 처음에는 눈치채지 못했는데, 그녀가 눈을 감았을 때 발견하고 말았다. 정말 미안하지만,

'아이라인을 저렇게 두껍게 그렸는데, 눈 크기가 저 정도밖

에 안 되는구나.'

하고 놀랐다. 그녀는 눈화장을 하지 않았을 거라고 생각했기 때문이다.

나도 마찬가지였다. 아무것도 하지 않는 것보다는, 눈화장을 한다고 했지만, 노력과 결과가 노골적으로 달랐다.

"어지간히 칠하지 않으면 어림도 없겠네."

두꺼운 아이라인 위에 아이섀도로 그러데이션을 주고, 속눈썹을 붙이면 눈이 커보일지도 모르지만, 그건 나다운 얼굴이 아니다. 속눈썹 연장술도 있다고 하지만, 그렇게까지 해서 눈을 커보이게 하고 싶지 않았다. 바르면 바를수록 내가 나답다고 생각하는 얼굴에서 멀어져간다. 그래서 내게 가장 필요한 화장일지도 모르지만, 눈화장은 그만두었다. 화장을 지울 때 눈꺼풀이 아프고 속눈썹이 몇 개 뽑히고, 클렌징 거품이 눈에 들어가기도 하니 그것들을 화장품 상자에서 방출했다.

그리고 갱년기, 환갑이 넘은 지금은 50대 때는 그렇지 않았는데, 기미가 여기저기 생기기 시작했다. 여성호르몬이 거의 없어져서, 피부 밑에서 호시탐탐 표면으로 나오기를 노리고 있던 것들이 우르르 표면으로 올라온 것이라 한다. 자외선차단 크림은 꼼꼼하게 발랐고, 햇볕이 강할 때면 모자나 양산으로 잘 가려왔다고 생각했는데, 대처 방법이 좀 안일했던 것 같다.

그러나 기미를 인공적으로 없애려고는 생각하지 않는다. 환갑이 넘으면 이렇게 되는 게 당연하다. 나는 미백은 하지 않고, 컨실러로 해결했다. 그렇다고 기미를 전부 가리는 것은 아니고, 신경쓰이는 부분에만 바른다. 환갑이 넘었는데 기미 하나 보이지 않게 빈틈없이 바르면 부자연스럽다. 신경쓰이는 부분만 살짝 숨기고, 나머지는 옅게 두는 것이 낫다.

어느 시기부터인가 사람들이 자외선에 민감해지면서 그때부터 계속 자외선차단 크림을 발랐다. 하지만 그 자외선차단 크림이란 게 뭐지? 하는 의문이 생겼고, 이윽고 나에게는 필요 없지 않나 하는 생각이 들었다. 그 이유는 일단 피부에 맞는 자외선차단 크림을 고르는 게 정말 힘들기 때문이다.

최대한 자극이 적은 걸 사려고 SPF 지수가 낮은 것을 사도, 제품에 따라 염증이 생긴다. 겨우 맞는 것을 찾아도 2~3년 쓰는 동안에 또 피부에 안 맞게 되어, 새로운 것을 찾아야 한다. 그 일을 20년 이상 반복해왔다. 지금까지 내가 사용해 온 자외선차단 크림 대부분에 포함된 한 성분이 나한테 맞지 않는다는 것을 깨달았다. 그제야 아기용 자외선차단 크림마저도 염증이 생겼던 이유가 이해되었다.

유기농화장품 중에 비비 크림이 있는 것을 알고, 피부에 자극이 없을지도 모른다고 기대하며 내 피부에 안 맞는 성분이 없는 제품을 사왔다. 파우더 타입 파운데이션보다 커버력도 좋아서 이거 하나로 화장을 끝내면 좋겠다고 생각했지만, 바르자마자 피부가,

"이건 안 된다."

라고 하는 것을 깨닫고, 반나절 만에 씻어냈다. 그런데 지금까지 생긴 적이 없는 의문의 큰 뾰루지가 뺨에 생겼다. 이 나이가 되면 상처가 아무는 것도 매우 느리다. 아무리 시간이 지나도 낫지 않아서,

"바르지 않았더라면 좋았을 걸."

하고 후회했다. 나 같은 피부에는 파우더 계통의 화장품처럼 피부에 얹기만 하는 게 좋다. 오일이 포함된 리퀴드, 크림 계통의 파운데이션은 맞지 않았다.

생각해보면 파우더 파운데이션에도 SPF 지수가 표시되어 있다. 들은 얘기에 의하면, 자외선차단 효과는 바른 화장품들 SPF 지수의 합계가 아니라, 그중에서 가장 수치가 높은 것만 효과가 있다고 한다. 그렇다면 얼굴에 압박감이 들고, 씻어내기도 어려운 자외선차단 크림은 바르지 않기로 했다. 파우더 파

운데이션도 오랜 시간 쓰다 보니 피부가 나빠져서, 이것도 성분을 체크하며 사용할 만한 것을 찾고 있다.

종종 가는 백화점에 민감 피부에도 사용할 수 있는 외국 브랜드 화장품매장이 있다. 매장 직원에게 피부 사정을 얘기했더니,

"저희 상품을 쓰고 트러블 생긴 고객은 없답니다."

하고 자신 있게 말했다. 색감을 체크해보고 사와서, 두세 번 사용하니 역시 가려워졌다. 외국 브랜드지만, 일본에서 생산되는 제품도 있어서 그런지도 모르겠다. 현재 사용하는 것은 일본 브랜드의 미네랄파우더 파운데이션으로, 컨실러와 실크파우더 다음에 바른다. 최근 이 파운데이션을 바르고 나면,

'응?'

하는 느낌이 드는 것으로 보아 앞으로 피부트러블이 생길 가능성도 없지 않다. 그렇게 되면 또 새로운 화장품을 찾는 여행을 해야 한다. 이건 피부에 좋다, 나쁘다 하는 건 현재의 일일 뿐 모든 것이 유동적이다. 언제 어떻게 될지 모른다.

아이브로우는 펜슬과 파우더가 한 자루에 같이 들어 있는 것. 볼터치는 색이 마음에 들어서 줄곧 써 왔지만, 마음에 든 것은 반드시 없어진다는 정설대로 단종이 되어 버렸다. 파운데

이션보다는 찾기 쉬우니 같은 계통 색으로 또 찾으려고 한다. 립스틱은 지금까지 써보지 않았던 걸 한번 써볼까 하고 유명 브랜드의 붉은 색 립스틱을 사보았더니, 색은 무척 마음에 들었지만 지운 뒤에 입술에 착색되는 것이 신경쓰여서 결국 처분했다.

평소 사용하던 립스틱도 볼터치와 마찬가지로 애용하던 제품이 단종되어 얼마 안 남은 것을 아껴 쓰고 있다. 전에 이 립스틱을 바르고 모자를 쓰고 밖에 나갔더니 입술이 따가워서, 파운데이션과 같은 브랜드인 자외선차단 효과가 있다는 립스틱을 사보았다. 이걸 두껍게 바르니 같은 조건에서도 입술이 따갑지 않았다. 립스틱도 자외선차단 효과가 있는 것이 필요할지도 모르겠다. 환갑이 넘으니, 극단적으로 말해 매일 피부색이나 상태가 변하는 기분이 든다. 이제는 마음에 드는 색을 고집할 게 아니라 피부에 맞는 것 중에 새로운 색상을 시도해보는 것도 괜찮을 것 같다.

현재 갖고 있는 메이크업용 화장품은,

· 메이크업 베이스용 실크파우더
· 미네랄파우더 파운데이션

· 컨실러

· 아이브로우

· 볼터치

· 립스틱 3개(베이지, 연보라, 자외선차단 효과가 있는 붉은 색 계열)

· 립크림

등이다. 파운데이션은 새로운 제품을 찾아보는 편이 좋을 것 같다. 이것을 바르지 않을 때 확실히 피부 상태가 좋았다.

기초화장품도 문제다. 보습이 중요하다고 생각하지만, 크림 같은 것을 바르면 뾰루지가 생겨서 최근에는 바셀린을 쓰고 있다. 전에도 바셀린을 쓴 적은 있지만, 보통 크림과 똑같이 바르고는,

"이렇게 끈적거리는 건 싫어."

하고 사용을 중단했다. 그런데 어느 날, 깨 한 톨 정도의 양을 손바닥에 펴서 그걸 얼굴에 누르듯이 발라야 한다는 걸 알고 경악했다.

몇십 배나 되는 양을 발랐으니 당연히 끈적거리지. 그후로 깨 한 톨 분량을 지켰더니 딱 피부에 좋았다.

화장수도 맞지 않는 제품이 많아서 화장품 가게에 파는 스프레이식 온천수 제품을 쓰고 있다. 파운데이션 종류는 비누만으로도 지워지지만, 비누 거품에 호호바오일을 세 방울 섞어서 씻고 있다. 오일은 겨울철에 건조할 때에도 사용한다.

갖고 있는 화장품은 파우치 하나에 다 들어갈 정도뿐이지만, 피부에 윤기가 나는 파운데이션이 있다는 말을 들으면 시험해보고 싶어서 마음이 흔들린다. 그러나 나처럼 트러블성 피부인 사람은 현재 사용하는 것에 딱히 문제가 없으면 새로운 제품에 손을 대지 않는 것이 가장 좋다. 효과가 좋은 것은 거의 100퍼센트 피부에 안 맞았다. 예뻐지는 것보다는 트러블이 생기지 않는 지금 상태를 유지하는 게 더 중요하다. 역시 화장은 자신이 생각하기에 가장 적당한 정도로 꾸미는 것이 최고인 것 같다.

그래도 현금이 좋아

신용카드

또 신용카드 회사의 부정사용방지 시스템에 걸려서 두 장 중 한 장의 카드를 사용하지 못하게 됐다. 전에 이용이 정지됐을 때는 누군가가 사용할 뻔한 것을 카드 회사가 막아줬다. 그러나 내 카드번호가 누군가에게 알려진 건 틀림없었다. 카드사에서 새로 신용카드를 발행해주어서, 그걸 한동안 사용했는데 또 걸린 것이다.

"아, 귀찮아. 진짜 짜증나네."

새 번호로 또 받아도 앞으로 몇 번 더 이런 일이 악순환될 것이다. 신용카드 따위는 갖지 않겠다고 진심으로 다짐했다.

가게에서 카드를 사용한 게 아니라 인터넷쇼핑 결제에 사용했다가 카드를 부정사용당할 뻔했다. 해외에서는 스키밍가게에서 신용카드 정보를 무단으로 복사하는 행위 당할 위험성이 있지만, 일본에서 내가 물건을 구입하는 가게는 그런 위험성도 없어서 카드로 결제해도 문제는 없다. 인터넷쇼핑을 할 때 일부 회사가 보안이 허술하여 위험이 있는 건 알았다. 그러나 그런 내용을 이용자로서는 알 길이 없다.

카드를 끊으면 고양이 사료, 화장실 모래 같이 내가 나르지 못하는 것을 인터넷으로 구입할 때만 곤란할 뿐이다. 우리 고양이가 좋아하는 건 동네에서 팔지 않아서 인터넷으로 한꺼번에 사야 한다. 그냥 은행에 가서 입금해도 되겠지만, 그때마다 은행에 가는 것이며 입금 수수료도 장난이 아니어서 좀 난감하다. 고양이를 무지개다리 너머로 보내고 나면 카드 따위는 없어도 된다고 생각하지만, 정말로 카드 없이 생활할 수 있을까.

이를테면 나보다 훨씬 고령인 분들 중에는 신용카드가 없는 사람도 많을 것이다. 그런 사람들은 현금만 사용해도 전연 문제가 없다. 그렇다면 나도 못 할 게 없을 텐데 부정사용이 걱정되기 하지만, 편리함도 알고 있으니 고민하는 것이다.

얼마 전, 텔레비전에서 경제를 알기 쉽게 설명해주는 프로그램을 보았다. 최근에는 현금을 사용하지 않는 가게가 생기기 시작했다고 한다. 신용카드, 전자화폐만 이용 가능해서 폐점 후 정산 시간이 전에는 40분 걸렸지만, 이제는 3분이면 끝날 정도로 훨씬 짧아졌다고 한다. 주문도 터치패널로 하면 돼서 인건비도 절약된다. 앞으로 이런 가게가 늘어날 것이라고 했다.

나도 학생시절에 서점 계산대 아르바이트를 해봐서 폐점 후 정산이 얼마나 힘든지 잘 안다. 오전 시간 근무일 때는 앞사람과 교대할 때 한 번 계산대를 정리하지만, 저녁 근무일 때에는 3시간만 근무해도 금액이 맞지 않으면 30분 가까이 걸렸다. 그것이 10분의 1로 줄어든다면 정말 도움이 될 것이다.

같은 프로그램에서 길 가는 사람들에게 전자화폐에 관해 물었더니, 나와 마찬가지로 현금이 아니면 안심할 수 없다는 사람이 많았다. 하지만 대부분 사람이 스마트폰을 갖고 있어서 간단하고 안전하게 사용할 수 있는 시스템이 되면 앞으로는 전자화폐가 주류가 될 것이다. 나와 같은 세대인 60대가 얼마만큼 스마트폰을 갖고 있는지 인터넷에서 찾아보니 55퍼센트였다. 휴대전화조차 갖고 있지 않은 나 같은 사람이 8퍼센트 정도. 나머지가 폴더폰 소유자다. 60대가 이만큼 스마트폰을 갖고 있으니, 앞으로 신용카드나 전자화폐만 사용 가능하고 현금을 받지 않는 가게가 늘어난다면 고령자도 전자화폐를 사용할 수밖에 없다.

방송에서는 2020년 도쿄올림픽을 계기로 외국인 관광객이 급증할 테니, 정부에서도 셀프 계산대나 100퍼센트 캐시리스를 목표로 하고 있다고 했다. 현지 통화로 환전하지 않아도 되고 전부 카드 결제가 가능해지면 그보다 편리한 게 없을 터다. 카드 등을 사용하면 현금보다 20퍼센트 정도 더 소비한다는 얘기는 전에 들은 적이 있다. 정부로서는 금리를 낮추고 현금을 사용하지 못하도록 해서 카드나 전자화폐로 되도록 많은 국민의 소비를 촉진하여 경기를 살리려는 속셈인 게 뻔하다. 은행에 현금이 없으면 기업에 융자가 어려워지니 그 적당한 선을 찾기 어려운 것 같지만.

전혀 의식하지 못했는데, PASMO교통카드도 실은 일부 가게에서는 결제가 가능한 전자화폐다. 옛날에는 차표 발매기에서 차표를 사고, 역원에게 차표 검사를 받고 역 안으로 들어가서 내리면 또 역원에게 표를 건네는 순서였는데, 지금은 개찰구를 통과할 때 아무 생각 없이 카드를 대고, 삐빅 소리를 내며 역 안으로 들어간다. 그걸 아무런 의심 없이 하고 있다. 잔액을 체크하고 부족해지면 충전한다. 늘 하던 일이었다. 그걸 생각하면 현금이 아닌 결제에 대해서도, 단기간 동안이기 해도 빚이나 마찬가지인 신용카드보다 불안이나 공포를 느끼지 않아도 될지 모른다.

그 방송을 보며 내 마음을 움직인 건 카드나 전자화폐를 사용하면 동전이 거의 필요 없어진다는 사실이었다.

"흐음."

나는 감탄했다. 동전은 우리 나이대의 사람들에겐 큰 문제이기 때문이다. 젊을 때처럼 동전을 척척 손가락으로 집으면 좋지만, 어찌된 건지 내 의사와는 반대로 손가락이 빠릿빠릿 움직이지 않아서 계산대 앞에서 당황한다. 당황해서 100엔과 50엔을 착각해서 내기도 하고, 심할 때는 100엔과 1엔을 착각해서 내고,

"미, 미안합니다."

하고 황급히 지갑 속을 뒤진다. 1엔이 부족해도 물건을 살 수 없으니 동전도 소중하지만, 정말로 동전을 처리하는 일이 곤란하다. 되도록 동전이 모이지 않도록 하지만, 슈퍼마켓 계산대가 혼잡할 때 동전 찾느라 뒤에 서 있는 사람들에게 민폐가 될 것 같으면, 동전이 있어도 지폐를 내고 잔돈을 받는다.

그러니 또 동전이 늘어난다. 그래서 나는 평소 사용하는 장지갑과는 별도로 동전지갑을 갖고 다닌다. 여분의 동전은 여기에 넣어 두고 소액 쇼핑을 할 때 이 지갑을 갖고 가서 동전을 다 써버리고, 장지갑 동전이 적어지면 보충한다. 그러나 카드나 전자화폐라면 장지갑도 동전지갑도 필요 없고 작은 카드지갑만 있으면 된다.

"이거 물건을 줄이는 것이기도 하네."

나는 또 흐음 하고 감탄했다. 항상 현금을 쓰면 소유하는 물건이 늘어나는 일이기도 했다. 또 현금을 못 쓰게 하면 돈의 움직임이 전부 기록에 남으니 음지에서 거래되는 의문의 돈이 양지에 드러나게 된다. 탈세도 못한다. 그건 좋은 일이지만, 세상이 전부 깨끗해지면 거기서도 또 폐해가 일어날 것 같은 느낌이 든다. 개인이 산 물건 내역을 제3자가 파악할 수 있다는 것은 무서운 일이다. 좋은 것, 나쁜 것, 비밀스러운 것이 뒤섞여서 세상은 돌아간다. 모든 것이 투명해지면 개인이 아닌 나라만 덕을 본다.

어째서 나는 현금 결제를 우선하는가 생각해보았다. 내가 젊을 때는 아르바이트비를 월급봉투에 명세서와 함께 넣어주었다. 직원 월급도 월급봉투에 넣어서 주었다. 대부분 회사들이 그런 시스템이었다. 그래서 월급날이면 평소보다 많은 현금을 갖고 있는 회사원을 덮치는 사건이 많아서 치안상 바람직하지 않았다.

내가 학교를 졸업하고 입사한 광고회사는 40년 전부터 월급을 은행 이체로 지급했다. 다른 회사에 취직한 친구들 중에는 월급을 직접 받는 아이도 있을 때였다. 아르바이트비도 현금으로 받은 경험밖에 없던 우리는 금액이 적힌 명세서만 받으니 별로 일을 한 기분이 들지 않았지만, 선배는,

"현금으로 받으면 바로 써버리니까 이체가 나아."

라고 해서 그런가 했다. 사원 보너스를 도둑맞은 3억 엔 사건1968년 사원 보너스 3억 엔을 수송하던 차량이 통째로 도난당한 미제사건 때문에, 기업에서 월급 등을 현금으로 전달하지 않고 은행 이체로 바꾸는 곳이 늘어났다는 소문도 있다. 그로 인해 남편들이 사전에 용돈을 삥땅하지 못해서 많은 아내들이 기뻐했다고 들었다.

옛날에는 아버지에게 월급봉투를 받은 엄마와 아이들이,

"아버지, 한 달 동안 고생하셨습니다."

하고 인사하는 모습도 볼 수 있었다. 현금은 열심히 일한 증표로 가족은 감사하고, 월급을 전해주는 아버지도 이만큼 해냈다는 충실감을 맛보았다. 제각각 금액은 다르지만, 자신이

한 일을 알릴 수 있었다.

나는 그런 경험에서 현금을 소중히 하고 싶은 것이다. 돈에 집착하는 것이 아니라, 내가 이런저런 감정을 느끼며 번 돈으로 필요한 것, 갖고 싶은 것을 구입한다. 그 쾌감을 맛보고 싶은 것이다.

고등학생 때 「an · an」에서 까르띠에 스리골드트리니티 반지를 보았을 때,

"이 반지 진짜 갖고 싶다."

라고 생각했다. 당시 대졸 초봉의 두 배가 넘는 반지 가격을 보고, 고등학생에게는 꾸지도 못할 꿈이었지만, 어른이 되면 저금해서 사려고 그 페이지를 찢어서 보관해두었다.

그 반지는 서른 살 때 겨우 샀다. 나한테는 어울리지 않는 보석류만 진열된 가게에 들어가서 머뭇머뭇 반지를 사고 싶다고 하자, 점원이 친절히 응대해주어서 간신히 반지를 손에 넣었다. 신용카드는 갖고 있지 않아서, 1만 엔짜리 지폐를 10장 내고 반지가 든 빨간 상자를 손에 들었을 때의 긴장감과 기쁨은 그때까지 경험한 적이 없는 것이었다. 내가 일해서 샀다는 충실감이 있었다.

그러나 100엔이든 100만 엔이든 카드판독기에 긁으면 그걸

현금으로
할게요!
여기 있습니다~
신용카드로..!
여기요

로 끝. 물건이 손에 들어오는 건 똑같지만, 쾌감은 좀 덜하다. 현금을 사용하는 건 그것을 내고 무언가를 얻는 것, 그 중개 역할을 하는 점원에 대한 느낌이 좋지 않으면 돈을 내고 싶지 않다. 기왕 사는 거, 느낌이 좋은 사람에게 사고 싶다. 그런 느낌은 캐시리스 사회가 되면 덜해질 것 같다. 점원의 느낌이 나쁘군, 생각하면서 무심히 카드를 내밀게 되겠지. 이런 걸 개의치 않는 사람이라면 관계없는 얘기지만, 나는 내가 열심히 일해서 번 돈을 느낌 좋은 점원에게 쓰고 싶다고 생각해서인지 이런 점이 신경쓰인다.

다만 캐주얼한 가게에서 현금을 사용하는 것은 문제가 없는데, 좀 중후한 가게에서는 지갑을 꺼내 지폐를 세서 계산하는 것보다 카드 한 장 쓱 꺼내는 편이 모양새는 좋다. 가게에 따라서는 현금을 더 좋아할 수도 있으니 케이스 바이 케이스로 생각하자.

앞으로 캐시리스 시대로 가는 것은 틀림없는 사실이다. 나는 앞으로도 스마트폰을 가질 생각은 없어서 전자화폐 서비스앱은 사용하지 않을 것이다. 교통비와 간단한 쇼핑을 할 수 있는 PASMO, 신용카드 1장, 백화점 고객카드 1장, 이렇게 3장을 갖는 것이 한계다. 더이상 복잡한 시스템이 되면 따라갈 수가 없다. 모든 게 급속히 바뀌고 있어서 도쿄올림픽과 동시에 현금을 사용하지 못하는 가게가 많아질 가능성은 있다. 가까운 미래이지만, 내가 할머니가 될 무렵이면 현금은 사용할 수 없게 될지도 모른다. 그때 당황하지 않기 위해 현금에 관한 정서적인 문제는 제쳐두고, 이 현실에 서서히 적응해가야 할 것 같다.

현실에서는 좋아요를 못 받는 거야?

SNS

SNS에는 트위터, 인스타그램, 페이스북, LINE 등 여러 가지가 있다. 블로그가 등장해서,

"우와."

하고 감탄하는 사이, 다양한 것들이 등장했다. 인간의 시커멓거나 경솔한 속이 SNS로 인해 드러나 문제가 생기기도 한다. 어떤 것이든 좋은 면과 나쁜 면이 있어서 조금이라도 나쁜 면이 강조되면 SNS를 싸잡아서 욕하기도 하지만, 재해가 일어났을 때나 개인적으로 곤란한 일을 당했을 때, 정보가 빠르게 퍼지는 것은 멋지다고 생각한다. 특히 SNS를 통해 잃어버린 개나 고양이나 새를 찾는 경우도 많다. 이럴 때 SNS라는 시스템

이 있어서 참 다행이라고 생각한다.

나는 다른 사람의 트위터나 인스타그램을 보지만, SNS 중에서 가장 좋아하는 것은 트위터다. 짧아서 좋다. 짧은 가운데 재미있는 글을 쓰는 대단한 사람도 있다. 다만 한 사람이 악의가 담긴 글을 주절거리면 그걸 시작으로 동조자가 모여서 집단으로 떠들어서 시끄럽기도 하다. 찌르레기 집단 같다. 뭐 그런 무리는 무시하는 것이 제일이지만.

페이스북은 보기 힘들어서 좋아하지 않고, 일일이 친구 신청하기도 귀찮다. 가장 좋아하지 않는 것은 인스타그램이다. 내가 방문하는 인스타그램은 나름대로 연령대가 높은 분이 하는 것이어서 보면 차분하고 마음이 편안해진다. 그래도 '좋아요'를 눌러주면 격려가 된다고 쓰여 있다. 그건 그럴지도 모르지만, 인스타바에인스타그램+샤신바에寫眞映えの 합성어로 인스타그램에서 좋아요를 많이 받을 만한 사진을 의미한다라는 말을 들을 때마다 나는 불쾌해진다. 뭐든 인스타, 인스타, 그것이 마치 생활의 중심이 된 듯한 현실을 도저히 이해할 수 없다.

블로그가 유행하기 시작했을 무렵, 편집자가 '모떼루盛ってる'라는 말을 가르쳐 주었다. 원래 자기 생활은 그렇지 않은데 어딘가에서 사진을 조달하거나, 다른 사람이 한 일을 자기가 한

것처럼 올리는 것이라고 한다. 이를테면 자기가 요리했다고 하면서 사온 음식을 예쁘게 담아서 올리거나, 자기 집이라고 하면서 어딘가 멋진 실내 사진을 올려서 거짓말을 하는 것이다.

전에 남을 가르치는 그럴 듯한 직업에다 나이도 먹을 만큼 먹은 사람이 친정의 자기 방이라며 분위기 있는 실내 사진을 올리자,

"이건 구라."

하고 인증 사진을 올린 사람이 있었다. 어머나, 하고 봤더니, 그가 자기 방이라고 소개한 것은 관광지 커피숍 한 모퉁이를 찍은 것이었다. 당연하지만, 인증 사진에 있는 장식품이 전부 똑같았다.

또 조금 다른 얘기지만, 텔레비전에서 이런 사람을 보았다. 유명한 요리 사이트에서 인기 있는 사람이라는데, 그가 사이트에 올리는 요리 사진은 언제나 식탁매트를 깔고 예쁜 그릇에 담아 훌륭한 카메라로 촬영한 것이었다. 그러나 실제로 집에서는 남편과 어린 아들에게 귀찮다며 간단하게 볶음밥을 해서 프라이팬째로 테이블에 올려놓고 먹었다. 각자 공기를 들고 바로 퍼먹는 것을 보고 깜짝 놀랐다.

장식장에는 몇십 장의 식탁매트와 예쁜 그릇이 잔뜩 쌓여

있는데, 가족에게는 자취하는 대학생이 먹는 것처럼 접시 한 장 꺼내지 않았다. 취재하는 사람들도 의아했는지, 어째서 이렇게 차이가 나는지 물었더니 요리 사이트에 사진을 올리느라 에너지를 다 써서 가족을 위해 또 요리하는 건 피곤하다고 했다. 남편은,

"뭐, 어쩔 수 없지 않겠어요."

하고 포기한 듯이 말했다.

보고 있는 나는,

"뭐야, 저게."

라는 말밖에 나오지 않았다. 집에서 어떤 식사를 하건 가족이 이해한다면 남이 참견할 일이 아니지만,

"부인, 당신 순서가 틀린 거 아닌가요."

하고 말하고 싶었다. 그런 모습을 태연하게 촬영할 수 있도록 허락한 것도 놀라웠다. 촬영을 허락한 건 본인은 문제없다고 생각해서일 것이다. 가족에게 그런 식사를 주어도 자신에게 '좋아요'만 많이 달리면 그걸로 만족하는 것이다. 어쨌든 타인에게 실제보다 자신을 높여 보이고, 평가받고 싶어하는 사람들이 점점 많아지는 추세다.

그것이 지금의, 특히 젊은 사람들의 인스타 중독이다. 내가

나이가 좀 있어서 이런 식으로 생각하는가 했더니, 한참 어린 사람들도 그게 대체 뭐하는 짓인지 모르겠다고 한다. 야간 수영장이 인기라고 하면 회사 끝난 뒤 수영복으로 갈아입고 옥외 수영장에 들어간다. 그러고는 풀사이드에서 포즈를 취하면서 인스타에 올릴 인공 착색료 색이 예쁜 주스를 마시거나 아이스크림을 먹는다. 의기양양한 그들의 얼굴을 보면서,

"이 사람들 나중에 배탈 났을 거야."

하고 생각했다. 그러나 당사자는 안색이 나빠지든 설사를 하든, '좋아요!'가 많이 달리면 그걸로 만족한다.

어째서 다들 그렇게 '좋아요!'를 받고 싶은가. 그것도 얼굴도 보이지 않는 상대에게. 어쩌면 얼굴이 보이는 상대에게 '좋아요!'를 받지 못하니 타인에게라도 듣고 싶은 게 아닐까. 요리 사이트에 올리는 요리와 현실에서 먹는 요리가 다른 그 주부도, 가족에게 칭찬을 듣지 못해서 남들의 평가가 우선이 된 게 아닐까. 그러나 텔레비전에 출연해서 이면을 보여준 바람에, 그에 대한 신뢰는 무너지지 않지 않았을까. 나는 실제 생활 모습을 보고 나니 그런 사람이 어떤 요리를 만들어도 신용할 수 없을 것 같은데, 그런 사실과 관계없이 그가 올린 레시피가 맛있기만 하면 문제없다는 사람도 많을 것이다.

INSTAGRAM
방금 업로드 했습니다
좋아요♡
눌러주세요!!
휴!
다들 대단해

가끔 내가 취재를 받을 때, 상대방은 사전에 확인하려고 하는지 당일에,

"SNS 안 하시죠?"

하고 물을 때가 많다. 블로그도 인터넷도 트위터도 페이스북도 한 적이 없어서,

"네."

하면,

"왜 안 하세요?"

하고 묻는다. 대답은 언제나 같아서,

"할 필요가 없으니까요."

이다. 글을 써서 하고 싶은 말을 할 수 있으니, 그 이상의 발신은 필요 없다.

매일 보는 트위터와 블로그와 인스타그램이 있다. 보는 사람은 즐겁지만, 거의 매일 갱신되는 걸 보면서 참 대단하다고 감탄한다. 나는 휴대전화도 없으니 작업 과정을 모르지만, 어쩌면 내가 상상하는 것보다 SNS 갱신은 간단할지도 모른다. 그러나 어쨌건 꾸준히 계속하는 것은 대단한 노력이라고 생각한다.

SNS 때문에 사실은 필요 없는데 일부러 외출해서 볼일을

만들기도 하고 퇴근길에 수영장에 가기도 한다.

"수고 많습니다."

라고밖에 할 말이 없다. 나도 글 소재를 어떻게 찾느냐는 질문을 받지만, 소재를 찾으려고 작정하고 찾으러 간 적은 없다. 평소 생활에서 내 글의 소재가 될 사람이나 사건을 만날 확률은 보통 사람보다 높지 않을지 모른다. 우연에 도움을 받는다. 그런 얘기를 하면,

"하아, 그런가요."

하고 납득이 가지 않는다는 표정을 짓기도 한다. 에세이 소재는 찾으려고 한다고 찾을 수 있는 게 아니어서 나는 운이 좋다고밖에 말할 수 없다.

올릴 게 전부 일상 이야기밖에 없으니 이런 내가 SNS를 해봐야 하나도 재미없을 것이다. 이벤트에 참가하는 것도 아니고 외출이 많은 것도 아니고, 판에 박은 듯 똑같은 매일이다. 다들 그렇게 변화무쌍한 매일을 보내는 것도 아닐 테니, SNS에서 '좋아요'를 받고 싶은 사람은 매일 뭔가 새로운 내용을 찾아야 한다. 그걸 만들어내는 노력에 감탄한다. 그러기 위해서는 자연히 사람의 시선을 끌고, 새로운 것을 쫓아갈 수밖에 없다.

인스타바에라고 하는 디저트나 물건들은 얼마나 현란한지.

아름다운 풍경도 인스타바에라고 하는 말을 들은 순간, 나는 관심이 싹 사라진다. 요즘 사람들은 대부분 글보다 사진을 선호해서 어떡하든 눈에 띄는 것만 찾아다닌다. 현란한 색깔이나 색다른 모양이 사람들 시선을 끄는 것은 당연하다. 접시에 놓인 화과자 1개, 녹차가 담긴 찻잔의 아름다움을 아는 게 일본인이지 않은가 싶지만, 요즘은 그렇지 않은 것 같다. 색깔이 많지 않으면 부족하게 느끼는 것은 욕망이 깊어서가 아닐까.

또 얼굴을 올리는 것도 미묘한 문제다. 얼굴이 보이지 않을 만한 각도에서 찍거나 목 아래만 찍는다. 올리는 사람도 나름대로 생각이 있어서겠지만, 개중에는 얼굴을 찍어서 눈을 가리거나 다양한 도구로 교묘하게 숨기기도 한다. 이건 참 어정쩡하기 짝이 없어서 그럴 거면 올리든지 말든지 하나만 하라고 말하고 싶어진다. 인터넷에 얼굴을 공개하는 사람은 자신에게 자신이 있는 사람일 테니 말이다.

우리 맞은편 집에 사는 남자아이 때문에 몇 년째 골머리를 앓고 있었다. 부모가 사준 건지 초등학교 고학년 때부터 비비탄으로 베란다에 있는 우리 고양이를 쏘아댄다. 도저히 용서할 수 없는 지경이라, 베란다에 떨어진 증거인 비비탄을 들고 한마디 하러 가려고 마음먹었다. 마침 장을 보고 돌아오는 길에 그

집 앞을 지나다가 문패를 보니 가족 전원의 이름이 있어서, 재미 반으로 그 아이 아버지 이름을 검색했더니 간단히 그의 페이스북을 찾을 수 있었다. 거기에서 근무하는 회사도 알게 되고, 사다리타기 식으로 딸과 문제의 아들이 다니는 학교도 알았다. 그 결과에 나는 무서워졌다.

그후로는 비비탄을 쏘지 않아서 아무 말도 하지 않고 끝냈지만, 나보다 성질이 못됐고 복수하고 싶다고 생각하는 사람이 있다면 간단히 가족이 속한 집단을 알아낼 수 있는 세상이다. 부모는 물론 딸이나 아들 사진까지 올려놓았으니, 몰래 숨어서 기다릴 수도 있다. 지금은 아무 문제가 없어도 남을 상처 입히고 싶어 하는 사람이 많은 세상이니 스스로 지킬 필요가 있다고 생각하지만, SNS는

"날 좀 봐요, 봐줘요."

하는 사람들 천지다.

이러니 무슨 일이 일어난다 해도 어쩔 수 없다. 예전에는 잡지에 실리는 사진에 일일이 신경 썼지만, 인터넷에 올라오는 사진은 확산 속도가 너무 빨라서 신경을 써도 감당할 수 있는 정도를 넘어섰다.

"날 좀 봐요, 봐줘요."

하는 사람은 되도록 많은 사람에게 주목받고 싶어서 그런다지만, 아무리 닉네임을 사용한다고 해도 실제 사용자를 찾아내는 것은 그리 어려운 일이 아니다.

나는 성악설을 믿는다. 사람에게는 반드시 악한 면이 있어서 각자가 자제하지 않으면 안 된다고 생각한다. 그러나 요즘 세상엔 그 자제력이 부족한 사람이 많아서 자발적으로 인터넷이란 매체에 얼굴을 올려선 안 된다. 원래는 그러면 안 되는 데도, 책이나 잡지에서 사진을 퍼와서 인터넷에 올리는 사람도 많고, 직업상 도저히 피할 수 없는 경우도 있으니 난감한 문제다.

누구나 자기 과시욕은 있지만, SNS를 하는 사람 중에 자신의 감상이나 일기 대신이 아니라, '좋아요'를 원하는 사람은 특히 그런 욕구가 강한 사람이다. 그렇게까지 세상에 인정받고 싶은가. 먼저 자기 주변에서 인정받는 것부터 시작해야 하지 않을까. 주위 사람에게 인정받지 못하는 사람은 세상에서도 인정받지 못한다고 생각한다. 점점 심해질지도 모르지만, 인스타바에니 하는 말에 휘둘려서 실속도 없이 허둥대는 사람들에게는 감탄과 연민과 다가가고 싶지 않다는 마음이 뒤범벅된다. 인스타바에라는 말이 빨리 사어死語가 되었으면 좋겠다는 생각이다.

평온한 정신을 위하여

카페인

커피는 어릴 때부터 아주 좋아했다. 부모님, 특히 아버지가 커피를 좋아해서 내가 커피콩을 갈기도 하고, 드립 기구도 집에 있어서 커피를 가족이 함께 마셨다. 동생은 초등학교 저학년이어서 마시지 않았지만, 나는 초등학교 4학년 때부터 커피에 분말 크림을 넣어서 마셨다. 매일 한 잔은 마신 것 같다. 그러다 점점 커피를 좋아하게 되어 인스턴트커피도 마시게 됐다. 동생도 커피를 좋아하게 되어, 동생이 커피콩을 갈아서 가족이 모두 마시기도 했다.

고등학교, 대학교 때, 커피숍에서는 꼭 커피를 마셨다. 대학교 친구들과 커피숍에 가서 우리는 아메리카노를 주문하는데

일부 여학생이,

"나, 크림소다."

"난 밀크셰이크."

하는 걸 들으면,

'있는 척하기는.'

하고 차갑게 보기도 했다. 당시 내게 커피는 남녀평등 음료라는 이미지가 있었다.

사회인이 되어서도 커피만 마셨다. 커피가 없으면 하루가 시작되지 않았고, 일이 힘든 날은 자는 시간을 줄이고 싶지 않아서 아침에 커피만 마시고 출근할 때도 종종 있었다. 작은 출판사에 다닐 때는 줄곧 사무실에 있어야 해서 하루에 적어도 6~7잔은 마셨다. 커피향만 나면 이내 마시고 싶어졌다. 아주 평범한 커피 가루를 사서 드립식으로 내려도 어찌된 건지 내가 끓인 커피가 맛있다고 말해주는 사람이 많아서 우쭐하여 하루에 몇 번이고 끓였다.

그리고 글쓰기를 전업으로 한 뒤에도 커피를 마시면서 일을 계속했다. 전에는 우유나 설탕을 넣었지만, 이 무렵부터는 블랙을 마시게 되었다. 다양한 커피콩을 마시고 비교한 적도 있고, 직접 조합해서 마신 적도 있다. 커피가 맛있는 커피숍과 책은 거의 한 세트였고, 내게는 빼놓을 수 없는 것이 되었다.

그런데 서른다섯 살 때 잊지 못할 일이 있었다. 근처 커피숍에서 미팅을 하며 카페오레를 마셨다. 지금 생각해 보면 그때까지는 블랙만 마시고 있었는데, 1년쯤 전부터 카페오레를 고르게 된 게 그 일의 전조였을지도 모른다.

미팅을 마친 뒤, 이웃 역에 있는 잡화점에서 생활용품을 사려고 전철을 타고 역 빌딩 에스컬레이터를 올라가는데 몸에 이변을 느꼈다. 머리가 어지럽고 가슴이 쿵쿵 뛰는 게 평소와 상태가 달랐다. 어쩌면 이대로 쓰러질지도 모른다는 생각도 들어서 서둘러 집으로 돌아가기로 했다. 도중에 몇 번이나 쓰러지는 거 아닌가 싶었지만 의외로 멀쩡하고 바르게 걸었다. 몸은 비틀거리지 않았지만, 머릿속은 계속 어지러워서 왜 이러지, 하며 간신히 집에 도착했다.

일단 물을 많이 마시고 침대에 누웠다. 한참 있었더니 증세가 진정되고 평소와 다름없는 상태가 되어서 안도했다. 설마 우유를 마셔서 그랬을 리는 없고, 스스로 커피를 너무 많이 마셔서라고 판단했다. 그후로 그렇게 좋아한 커피를 끊었다.

실은 회사를 그만둔 직후인 서른 살 때, 왼쪽 가슴에 뭔가가 있어서 깜짝 놀라 친구가 추천한 동네의원에 갔다. 그랬더니

그 노령의 의사 선생님이 내 얼굴을 보자마자,

"커피 좋아하죠? 왼쪽 어깨에 숄더백 메고 다니고. 그거, 둘 다 끊어요. 3개월 지나도 있거든 그때 다시 와요."

하고 말했다. 그래서 나는 숄더백을 끊고, 커피도 끊었다. 그런데 끊은 순간 두통이 심하게 와서 견딜 수 없었다. 금기를 깨고 한 모금만 마셨더니 거짓말처럼 두통이 가셨다. 이건 거의 중독이란 걸 깨닫고, 호지차 같은 걸로 대체하며 커피에서 멀어졌더니 가슴에 있던 것이 없어졌다.

또 같은 일이 생기는 건 싫어서 그후로 마시는 횟수를 줄였지만, 그래도 매일 2~3잔은 마셨다. 가끔 더 마시고 싶을 때는 수입산 카페인리스 인스턴트커피를 마셨다. 다른 걸 고르고 싶어도 수입식품 가게에서 그 한 종류밖에 팔지 않았다. 그렇게 신경을 썼다고 생각했는데 서른다섯 살 때 그런 일이 생긴 것이다.

그후로는 커피를 끊고 홍차로 바꾸었다. 카페인 함유량으로 보자면 커피가 적기도 하지만, 성분 차이인지 제조 과정 차이인지, 홍차를 마셔도 빙글빙글 도는 일은 없었다. 그렇게 홍차파가 되었지만, 15년쯤 전부터 홍차도 좀 이상해졌다. 초콜릿도 마찬가지였다. 며칠 사이를 두면 괜찮은데, 매일 마시면 가벼운 증세이긴 하지만, 머리가 어지러웠다. 녹차도 마찬가지여서 맞지 않는 것을 마시면 위가 아팠다. 내게는 녹차보다 중국의 용정차가 부담이 없었다. 카페인 함유량이 적다고 하는 호지차 중에서도 위가 아픈 것이 있고, 그렇지 않은 것이 있었다. 몸 상태에 따라 홍차, 녹차, 중국차를 마시고, 모델도 아닌데 간혹 백탕한번 끓인 물을 미지근하게 마시는 음용법. 일본 연예인들 사이에서 백탕 다이어트가 유행하기도 했다을 마시면서 보냈다.

최근에는 커피도 홍차도 카페인리스가 나와서 정말로 기쁘다. 훨씬 전부터 있었으면 좋았을 텐데. 그러나 여러 가지 것을 시험해보니, 카페인리스 커피라고 해도 카페인이 제로인 건 아니다. 그건 알고 있지만, 완전히 괜찮은 것도 있고, 카페인리스일 텐데? 하고 고개를 갸웃거리는 것도 있다. 홍차는 거의 차이가 없고, 상표에 따라 맛이 있고 없고 정도다. 무얼 마셔도 빙빙 도는 일은 없다. 역시 콩과 잎의 원료 차이이거나 제조 과정에 뭔가 다른 점이 있는 것 같다.

기분을 상큼하게 하고 싶을 때는 일주일에 한두 번 두유를 넣어서 카페인이 있는 일반 커피를 마신다. 이 정도라면 전연 문제는 없다. 그러나 사이를 두면 괜찮은데 잇따라 마시면 몸에 변화가 생긴다. 가벼운 현기증도 나고, 히스테릭해지는 것이

느껴진다. 특히 고양이가 어지르면 평소에는,

"할 수 없지."

하고 대처하는데, 나도 놀랄 정도로 화가 나서 버럭 소리를 지르고 싶어진다. 안 돼, 안 돼, 하고 꾹 참고 한번 심호흡을 한 뒤,

"이런 짓하면 안 되잖아."

하고 타이른다. 텐션이 달라지는 게 나 자신도 좀 무섭다.

커피를 마시면 일이 잘되는 건 좋지만, 분노게이지가 올라가는 것은 역시 좋지 않다. 그래서 어지간히 일이 막히지 않는 한, 카페인리스 커피와 홍차를 마신다. 참고로 홍차로는 분노하는 감정이 생기지 않는다. 내 몸의 신비다.

나는 어릴 때부터 카페인을 섭취해서 직장에 다닐 때는 거의 중독 상태였던 것 같다. 기본적으로 지금까지 과다 섭취해서 몸이,

"이제 그만."

하고 거절하는 것이다. 카페인 대사가 다른 사람보다 느리거나 기능이 떨어지는 걸지도 모른다.

옛날에는 집에서는 카페인리스를 마실 수 있었지만 커피숍에서는 그런 게 없었다. 그래서 미팅이 있으면 그전부터 카페인

이런짓 하면 안돼잖아!!!
COFFE

을 섭취하지 않도록 신경썼다. 그러나 지금은 카페인리스가 있는 커피숍도 많아져서 기쁘다. 최근에는 카페인이 없는 녹차도 있는 것 같다.

임신 중인 여성에게도 카페인리스가 인기 있는 것 같다. 임신 중에 커피나 홍차를 마시고 싶었던 사람은 지금까지 어쨌을까. 줄곧 참았을까. 그것도 힘들었을 것 같다. 만약 카페인리스커피, 홍차가 없었더라면 나는 물이나 백탕을 계속 마실 수밖에 없다. 건강에는 좋을지도 모르지만, 몸에는 좋지 않은 것도 가끔은 체내에 넣고 싶은 법이다. 나는 내 평온한 정신 상태를 지키기 위해 앞으로도 카페인리스로 나가려고 한다.

물건

아무도 나를 못 찾게 하고 싶어

휴대전화

예전부터 휴대전화는 쓰지 않았다. 어째서 다들 그런 걸 갖고 다니는지 신기할 따름이었다. 업무상 외근이 많은 사람, 회사와 자주 연락을 취하는 사람이라면 휴대전화로 일을 원만하게 진행하겠지만, 그리 필요하지도 않은데 다들 갖고 있으니 유행에 뒤처지지 않으려고 가지고 있는 사람도 많았다. 나는 그런 사람들을

"흥, 상술에 넘어가다니."

하고 무시했지만, 그 휴대전화가 점점 보급되어 현재는 스마트폰 전성시대다. 폴더폰을 사용하는 사람들은 스마트폰파에게,

"아직도 그런 걸 쓰냐."

하는 소리를 듣는다. 최근에는 학교에서 가정통신도 전부 메일로 보내서 부모가 스마트폰을 갖고 있지 않으면 아이들 학교생활에도 지장이 생긴다고 한다. 폴더폰조차 가진 적이 없는 나는 "최신기기도 못 쓰는 굼뜬 사람"일 것이다.

뭐라 생각하든 상관없지만, 어째서 다들 그렇게 타인과 이어지고 싶은 건지 모르겠다. 휴대전화를 가진다는 건 언제나 자신이 있는 곳을 알려주는 것과 같다. 몸과 떨어뜨리면 갖고 다니는 의미가 없으니까, 화장실에서도 휴대전화가 울리면 받지 않을 수 없다. 고정전화는 자리를 비우면 받지 못하고, 받고 싶지 않을 때는 받지 않으면 된다.

생각해보면 나는 고정전화도 싫어했다. 나를 행방불명 상태로 만들어주지 않아서 싫었다. 전화란 거는 사람의 편의가 우선이라 받는 사람의 편의는 무시된다. 그걸 제대로 인식한 사람은,

"지금 전화해도 될까요?"

하고 묻지만, 그러지 않은 사람은 자신의 편의를 강요한다.

20대 때, 회사 동료였던 여성을 몇 년 동안 만났다. 그녀는 유부남하고만 연애하는 스타일이라 자주 문제가 생겼다. 한밤

중에 자고 있는데, 취해서 전화를 걸더니 하염없이 상대와 그의 아내 욕을 하곤 했다. 나는 눈을 꼭 감은 채 적당히 수화기를 들고 응응 맞장구를 쳐주었다. 그러면 취해 있다가도 갑자기 정신이 들 때가 있는지,

"나, 너무 민폐 끼치고 있지?"

라고 해서,

"응. 완전 민폐."

라고 대답했다. 결국 1시간 반 정도 취객의 전화를 상대해주었다. 가끔 장난전화도 걸려 와서 나는 자기 전에 전화선을 빼놓는 습관이 생겼다.

확실히 전화보다 메일이 편한 건 사실이다. 그러나 최근에는 라인LINE이 주류가 된 것 같다. 나는 컴퓨터는 사용하니까 메일 시스템은 알지만, 라인은 전연 모른다. 그저 들은 이야기로는 그룹이 생기면 자기가 교류하고 싶지 않은 사람에게도 연락처가 드러나서 곤란하다고 한다. 무료이고 편리하지만 문제도 많은 것 같다.

지인이,

"폴더폰은 이제 필요 없으니까 스마트폰 사."

하고 권했다. 그녀도 줄곧 폴더폰을 사용해서 그걸 계속 쓸

생각이었는데, 단기간 입원을 한 뒤로는 건강에 자신이 없어졌다고 한다. 그래서 어디서나 택시를 부를 수 있는 앱이 있는 스마트폰으로 바꾸었단다. 하긴 나도 언제 어떻게 될지 모르지만, 그것 때문에 스마트폰을 사기도 뭣하다.

"한번 만져봐."

하고 그녀가 스마트폰을 건넸다. 작은 화면 속에서 손가락을 움직이자니 속이 터졌다. 살짝 건드린 정도로는 움직이지 않고, 힘을 주면 화면이 바뀐다.

"아유, 뭐야."

스마트폰을 바닥에 내동댕이치고 싶었다.

태블릿PC를 갖고 있는 친구들도 만져보라고 한 적이 있지만, 태블릿PC는 그나마 크기가 있어서 스마트폰보다 조작하긴 편했다. 그러나 갖고 다니려면 스마트폰 크기가 한계다. 작은 노트만한 크기에 무게까지 나가는 태블릿PC는 휴대가 어렵다. 일장일단이 있었다. 지금은 손가락으로 조작하기 어렵지만, 스마트폰도 쓰다보면 익숙해져서 간편해질지도 모른다. 하지만 나는 휴대전화, 스마트폰을 일부러 구입할 만큼 긴급한 필요성을 느끼지 못했다.

그런데 며칠 전 오후, 이웃에 사는 친구한테 전화가 와서,

“저기 의논 좀 해줄래?”

라고만 하고 전화가 끊겼다. 나는 도배지 무늬 같은 것을 의논하려는 줄 알고,

“응, 좋아.”

하고 간단히 대답하고 그녀의 집에 갔더니 다른 친구가 현관 앞에 누워서,

“아야, 아야.”

하고 신음하고 있었다. 나는 장난치는 줄 알고,

“왜 그래, 뭐하는 거야?”

했더니 그녀는,

“너무 아파.”

하고 고통스러운 듯 신음했다. 친구는 냉정하게,

“글쎄, 아까 주문한 생수통이 왔는데, 마침 얘가 와있어서 나르는 걸 도와줬거든. 한 통은 잘 날랐는데 두 번째 통을 나르려다가…… 그만 저렇게 돼서.”

너무 놀라서 한동안 소리가 나오지 않았지만, 누워서 아파하는 친구가 눈앞에 있는 게 현실이니까 어떻게든 해야 했다. 그녀는 전에도 몇 번 허리를 삐끗한 경험이 있는데, 그게 습관이 된 것 같았다. 나는 그런 경험이 없지만, 한번 생기면 습관

이 된다는 말은 들었다.

조금이라도 움직일 수 있다면 둘이 협력해서 어떻게든 할 텐데, 그녀는 조금도 움직이지 못했다.

“이건 구급차밖에 없네.”

“그렇지?”

우리가 그렇게 말하자, 그녀는,

“구급차는 절대 싫어.”

하면서 몸을 일으키려다가,

“아야야야야야.”

하고 신음하며 도로 누웠다.

“이대로 계속 누워 있을 거야?”

설득하자, 그녀는,

“잠깐만, 앗, 아야야야.”

하고 몇 번이나 일어나려고 했지만, 역시 일어나지 못했다.

“이렇게 계속 누워 있으면 안 돼. 이 상태로는 화장실도 못 가.”

10분쯤 셋이서 이러자 저러자 얘기를 나누다 결국 구급차를 부르기로 의견을 모았다.

“그 병원은 싫어.”

그녀는 전에 몇 번 구급차로 실려 갔을 때 대응이 무례했던 특정 병원에는 두 번 다시 가고 싶지 않다고, 스마트폰을 든 친구에게 말했다.

"그래, 알겠어."

119에 연락하자, 바로 확인 전화가 왔다.

"환자가 전혀 움직이지 못하고 누워 있는데요."

환자 상황을 전하고, 환자 본인도 전화로 몸 상태를 설명했다. 요즘 세상에는 별일도 아닌데 구급차를 부르는 민폐꾼들이 많아서 119에서도 확인해보는 것 같았다.

구급차를 기다리는 동안, 그녀는

"아아, 어쩌다 이렇게 됐나 몰라."

계속 한탄했다. 그전부터 일이 바빠서 피로가 차곡차곡 쌓인 탓일 거다. 이내 구급차가 도착하고 힘이 세 보이는 남성 다섯 명이 왔다. 그러고는 현관문을 열자마자 신음하며 누워 있는 그녀를 보고,

"아……."

하고 가엾다는 듯이 소리를 냈다. 팀장으로 보이는 중년 남성이 다가왔다. 그녀의 상태를 보고,

"아이고, 이런. 저도 자주 이렇답니다. 올초에도 겪었죠."

하고 문을 열어 준 내게 말했다.

"많이 아픈가봐요."

"맞습니다. 아차 하는 순간에 이렇게 되죠."

들것에 실으려고 해도 아파서 몸부림치는 그녀에게,

"아이고, 많이 아프시죠."

하고 안됐다는 표정을 지었다.

접이식 들것에 간신히 그녀를 싣고 구급차에 탈 준비를 마쳤다.

"인제 괜찮아, 고마워."

친구는 그녀를 따라가고 나는 그대로 집으로 돌아왔다. 별일 없으면 좋을 텐데, 걱정하면서 일을 하다 저녁 무렵에야,

"어떻게 됐어?"

물으러 갔더니,

"아, 고마워. 걱정 끼쳐서 미안해."

하고 그녀가 걸어서 나왔다.

"걸을 수 있구나. 다행이다."

몇 시간 전까지 아프다고 뒹굴며 신음하던 것이 거짓말 같았다. 좌약을 넣고, 주사를 맞고, 코르셋으로 조였더니 달리는 것은 무리지만, 걸을 수 있게 되었다고 했다. 그대로 방치했더

혹시라도 사고가 나면 부탁해!

라면 혼자 힘으로는 아무것도 못하고 움쩍달싹도 못했을 텐데 정말로 다행이었다.

일단 안심하고 집으로 돌아왔지만, 실제로 일어난 상황을 직접 눈앞에서 보니,

'만약 혼자 사는 나한테 같은 일이 일어났다면 어떻게 됐을까?'

하는 생각이 들었다. 그녀는 마침 친구가 옆에 있었지만, 만약 주변에 아무도 없는데 미동도 못하는 상태가 된다면 어쩔 도리가 없다.

지금 내 상황을 누군가에게 연락하고 싶은데 할 수 없다. 그러나 옆에 휴대전화가 있다면 손가락 하나만 움직여도 쉽게 연락을 할 수 있다. 밖에서 사고가 나면 남들에게 신세를 지더라도 대처를 부탁할 수 있다. 문제는 혼자 사는 집에서 일이 벌어졌을 때다. 차라리 의식이 없다면 내 인생은 거기까지이니 그 다음은 아무렇게나 돼도 상관없지만, 곤란한 건 그녀처럼 의식이 있어도 움직이지 못하는 경우다. 누군가에게 연락한다면 더 심해지기 전에 막을 수도 있을 텐데. 이렇게 생각하니 급격히 휴대전화에 마음이 동했다.

그러나 평소 내 생활에는 휴대전화가 필요 없다. 긴급할 때

만 사용할 수 있는 게 없을까 하고 실내를 둘러보다 눈에 들어온 것이 무선전화기다. 평소에는 전혀 사용하지 않지만, 이를테면 실내에서 무거운 짐을 나르는 작업을 할 때, 기분이 우울할 때, 실내에서 들고 다니는 건 어떨까 생각했다. 나는 짐을 옮기거나 장시간 작업을 하는 일이 없고, 거의 앉아서 하는 일이라 옆에 두기만 하면 된다. 그리고 몸 상태가 괜찮으면 충전기에 올려놓는다. 이것으로 충분하지 않을까.

사고는 언제 일어날지 모르지만, 대비를 해놓지 않으면 좀 위험하겠다는 의식은 갖게 되었다. 문제가 생겼을 때 옆에 무선전화기가 없다면 그건 운이 나쁜 것이니 포기할 수밖에 없다. 친구를 보고 잠시 휴대전화의 유혹을 받았지만, 역시 필요 없어 하고는 사지 않았다.

너와 나는 어긋난 운명

하이힐

젊은 시절 회사에 다닐 때는 곧잘 하이힐을 신었으나, 지금은 하이힐을 신지 않은 지 몇십 년이 지났다. 학교를 졸업하고, 첫 직장생활을 하던 40년 전에는 전통 플랫슈즈나 커터슈즈는 있었어도, 발레슈즈처럼 귀엽고 세련된 플랫슈즈는 거의 없었다. 중년 취향의 망사나 주름을 넣어 앞코가 볼록한 모양의 구두들이었다. 다이칸야마에 있는 광고회사 영업직으로 외근이 많아서 나름대로 차림새도 중요했던 터라, 하이힐을 신을 수밖에 없었다.

학생 때는 티셔츠에 청바지, 짧은 다리를 가리기 위해 당시 유행했던 웨지구두를 신었다. 이것도 굽 높이가 7~8센티미터는 됐지만, 앞굽이 3센티미터라 안정감이 있어서 신어도 그다지 불편하지 않았다. 그러나 가끔 높낮이가 다른 도로에서 발목이 꺾여 몇 번이나 넘어질 뻔했다.

하이힐의 불안정함은 같은 높이여도 바닥이 두꺼운 웨지구두에 비할 바가 아니었다. 원래 내 발볼이 넓은 데다 지금처럼 구두 폭이 몇 종류나 되는 시대도 아니어서 무리하게 구두에 발을 맞추는 상태였다. 하이힐은 신고 서 있기만 해도 발이 찌릿찌릿했다.

이런 상태로 걸을 수 있을 리 없었다. 내 발은 반창고투성이에다 새끼발가락은 변형되어 정말로 처참했다. 걷는 모습도 아주 볼썽사나웠을 것이다. 내가 반년 만에 회사를 그만둔 것은 만원 전철이 너무 싫어서였지만, 쾌적한 구두였더라면 좀더 참을 수 있었을지도 모른다. 세상의 여성은 어째서 하이힐을 신는 걸까. 어디를 어떻게 하면 그렇게 사뿐사뿐 걸을 수 있을까. 어쩜 발목도 꺾이지 않고, 계단도 가뿐히 내려가는지 신기해서 견딜 수 없었다.

나처럼 하이힐로 애먹는 친구 두 명한테 얘기했더니,

"그런 구두는 맞는 사람이 있고 안 맞는 사람이 있는 거야. 우린 안 맞는 거고."

하고 소리 모아 말했다. 나는 그런 구두가 필요한 회사에 다녀서 울며 겨자 먹기로 신어야 했지만, 그 둘이 다니던 회사는 복장 규정이 까다롭지 않아서 하이힐 고민은 할 일이 없었다. 그건 그렇겠다고 생각하면서, 매일 가볍게 하이힐을 신고 출근하는 회사 동료에게,

"난 하이힐이 불편해 죽겠어."

하고 상담해보았다.

"적응해, 적응해. 난 대학 다닐 때부터 신었어."

그녀는 빙그레 웃었다. 불문학을 전공한 그녀는 4년 동안 원피스에 하이힐 차림으로 통학했다고 한다. 4년 동안의 습관 차이는 컸다.

"하아."

내가 탄식을 하자, 그녀는 들고 있던 잡지를 펴서 내밀었다.

"그보다 이것 좀 봐, 봐."

들여다보니 유명 배우 화보였다. 그녀는 감각이 있고, 지성적이고, 스타일도 좋은 그 배우의 팬이었다.

"봐, 스타킹 폭보다 발 폭이 좁아."

그녀 말대로 하이힐을 신은 그녀의 발등 부분은 스타킹이 남아돌았다. 이런 사람이 있다니, 하고 나는 놀라서 기절할 뻔

했다. 스타킹은 신축성이 있으니 한껏 늘려서 신는 거라고 생각했기 때문이다.

"이 하이힐도 멋있다. 일본에는 이런 디자인 없을 거야."

그녀는 한숨을 쉬었다. 나는 같이 잡지를 보면서 하이힐은 이런 사람을 위해 있는 거라고 생각했다. 나처럼 신으면 바로 발이 붓거나 벗으면 구두가 가로로 퍼져서 오징어처럼 짜부라지거나 앞부분 뾰족한 곳을 굵은 발가락이 다 차지해서 새끼발가락 낄 곳이 없어지는 사람에게는 애초에 어울리지 않는다는 걸 깨달았다. 나는,

"그러게."

하고 모호하게 대답하고 그 자리를 떴다. 회사를 그만둔 것은 그후 얼마 되지 않아서였다.

하이힐은 누구에게나 어울리는 물건이 아니다. 어울리는 사람, 신고 싶은 사람이 신어야 한다. 신으면 아무나 다 예쁜 건 아니란 걸 알고, 그후로 나는 하이힐을 신어야 하는 옷을 입지 않았다. 고맙게도 캐주얼 경향이 강해지고 디자인이 촌스럽지 않은 로힐, 플랫슈즈도 늘어났다.

또 패션 사고방식도 바뀌어서 팔랑팔랑한 원피스에 정석이었던 하이힐은 촌스럽다는 풍조가 생겼다. 너무 뻔한 것은 촌

스럽다고, 그런 패션에 스니커즈나 플랫슈즈를 신기도 했다. 패션 코디네이터도 유동적이어서 이렇다 할 정해진 패턴이 아니라 모두 제각기 입고 싶은 대로 입는 상황이 나를 살렸다.

하이힐을 신는 이유는 무엇일까 생각해보니 균형을 맞추기 위해서였다. 대체로 여성은 다른 사람이 보기에는 그렇지 않은데 자기는 얼굴이 크고 뚱뚱하다고 생각한다. 옷을 폼 나게 입기 위해서 다리 아래를 높이 하면 그만큼 하체가 길어져서 얼굴이 작아 보인다. 나도 처음에 하이힐을 신을 때는 나보다 키가 큰 사람은 항상 이런 풍경을 본다는 사실에 감격했지만, 이내 대수롭지 않아졌다.

그보다 발이 아픈 게 더 컸다. 패션은 인내하는 것이고, 편하게 지내면 점점 긴장이 풀어진다고 하지만, 참을 수 있는 인내와 참을 수 없는 인내가 있다. 사람은 제각기 인내하는 부분이 다르다고 생각한다. 발이 아픈 것은 도저히 참을 수가 없다. 특히 나는 걷는 걸 좋아해서 두 역 정도는 예사로 걷지만, 하이힐은 장시간 걸을 수 있는 구두가 아니다. 그 구두로 한 시간 동안 걷는 건 무리다.

시내에 나가니 나와 동년배나 연상의 여성 중에 하이힐을 신은 사람도 있었다. 몇십 년째 익숙하게 신어 온 것이리라. 내

미건
고통 그 자체인걸?

주위에도 딱 한 사람 그런 여성이 있었지만, 그녀는,

"하이힐이 제일 편해. 플랫슈즈는 걷기 힘들어서."

라고 한다. 걸으면 뒤로 당겨지는 듯한 느낌이 든다고 한다. 하이힐은 중심이 앞으로 쏠리는 기분이 드니까, 힐이 없는 플랫슈즈는 그녀에게 불안정할 것이다. 그렇게 생각하면 단순히 '익숙함'일지도 모르지만, 나처럼 맞는 구두 찾기가 정말 힘든 발을 가진 사람과 하이힐에 어울리는 발을 가진 사람, 세상에는 두 종류의 발 주인이 있다. 나는 하이힐에 맞는 발이 아니어서 고통스러울 따름이었다.

아울러 자기한테 어울리는가, 어울리지 않는가 하는 문제도 크다. 살이 쪄도 멋지게 하이힐을 신는 사람이 있고, 말라도 하이힐이 어울리지 않는 사람이 있다. 자신이 하이힐을 좋아하고, 계속 신어서 익숙해졌는가 아닌가의 문제다. 손질이 잘된 하이힐을 예쁘게 신는 사람은 어떤 체형이건 멋있다.

제대로 만든 하이힐은 정말로 아름답다. 그건 인정한다. 샌들도 놓여 있는 것만으로 아름다운 게 있지만, 마찬가지로 놓여 있는 것만으로 자태가 아름다운 하이힐이 있다. 나는 크리스찬 루부탱프랑스의 패션 디자이너의 하이힐을 실물로 보고, 세련된 사람들이 루부탱이라면 설레는 이유를 절실히 이해했다. 하나 같이 작품이고, 너무나 아름다운 구두였다. 다만 아름답다고 생각하는 것과 자기가 신고 싶다, 신을 수 있다고 생각하는 것은 다른 문제다. 절대로 내게는 어울리지 않을 구두였다. 내게는 내 체형에 어울리는 구두가 있다.

만약 내 발에 하이힐이 무난하게 들어갔다면 어땠을까 생각해보지만, 역시 신지 않았을 것 같다. 나는 키가 작아서 하이힐은 균형 맞추기가 어렵다. 하이힐은 평균 키 이상이 아니면 균형이 이상해진다.

전에 외국 관광국 초청으로 그 나라에 취재하러 갈 일이 있었다. 다른 매체에서도 10개사 정도 취재 그룹이 왔다. 낮에는 제각각 취재 장소에 가기 때문에 그들과는 아침과 저녁식사, 이동하는 버스에서 만났다. 남성도 여성도 나이도 관계없이 해변 마을에 가면 거기에 어울리는 캐주얼한 복장을 하고, 격식 있는 장소에 갈 때는 거기에 맞는 복장으로 갔다.

그 일행 중에 언제 어디서나 줄곧 같은 검은색 하이힐을 신은 사람이 있었다. 해변에서도 하이힐이다. 짐을 줄이려고 예의상 가장 무난한 하이힐을 신고 왔을 테지만, 모두 스니커즈로 모래사장을 걷고 있는데 검은 하이힐을 신고 비틀비틀 걸으니 현지인도 신기하게 바라보았다.

그녀가 어째서 그렇게 검은색 하이힐에 집착했는지 모르겠지만, 나와 비슷한 체형인 그녀는 외국이니 조금이라도 키가 커보이게 하고 싶었을지도 모른다. 검은 하이힐을 보면 아직도 하이힐에 집착하던 그녀가 생각난다.

나 같은 체형이 하이힐을 신으면 높은 데 올려놓은 물건처럼 보인다. 다른 사람의 시선과는 상관없이 나만 쾌적하면 그만이지만, 고통스럽다면 신을 필요가 없다. 키가 작아도 종아리가 길면 어울릴지 모른다. 작은 키, 짧은 다리, 볼 넓은 발. 억지로 발가락을 쑤셔 넣고 일단 폼을 내면 보기에는 멋있을지도 모르지만, 나는 힘든 게 제일 싫다. 하이힐을 신어서 좋은 점은 다리 부분이 길어져서 키가 커보이고, 스타일이 좋아진다는 것뿐이다. 멋없어보이는 건 싫지만, 내게 하이힐은 고통 말고는 아무것도 아니어서 앞으로도 인연은 없을 것이다.

허세보다는 고양이 스티커

수첩

지금까지 몇 종류의 수첩을 썼다. 직장에 다닐 때는 딱히 적어 둘 만한 스케줄이 없어서 수첩을 쓰지 않았다. 기억력이 좋은 편이라 일일이 적지 않아도 다 기억할 수 있었다. 글 쓰는 일을 시작한 뒤로는 출판사에서 수첩을 보내줘서 그걸 사용했다. 전업 작가가 된 뒤로는 스케줄 관리에 신경쓸 필요가 있었다. 그래서 당시 유행하던 바인더식 시스템수첩을 사용했다. 그전까지는 노트식 수첩이 대부분이라 쓰기 편한 사양을 골라서 그냥 사용했다. 그러나 시스템수첩은 내가 쓰기 편한 파일을 조합하여 나만의 수첩을 만들 수 있어서 아주 편리했다.

나는 원고 마감을 잊지 않는 것이 가장 중요하니 1년 동안의 스케줄, 메모, 주소록이 있으면 충분했다. 나는 시스템수첩이어도 파일 매수가 적지만, 편집자들이 갖고 다니는 시스템수첩은 두께가 8센티미터나 돼서 놀랐다. 편집자가 담당하는 작가 수는 몇십 명이나 된다. 거기다 장정하는 사람, 삽화 그리는 사람들과도 교류가 있다. 사내, 사외 사람들과의 약속도 있고, 자기 생활 스케줄도 있다. 그걸 다 나누어서 기록하려면 그렇게 두꺼워지는구나 하고 새삼 놀랐다.

편집자는 시스템수첩을 팔기 전에는 메모할 공간이 많은 책상용 스케줄수첩을 사용하기도 했고, B5판 노트에 직접 선을 그어서 사용하기도 했다. 남성들이 주로 그런 대형 노트를 사용했다. 여성은 크기는 약간 다르지만 일반적인 크기의 수첩 사이에 메모나 포스트잇을 많이 붙이다보니 나중에는 수첩이 두꺼워졌다. 남녀가 들고 다니는 가방 크기와의 절충도 있었을 것이다.

시스템수첩은 한동안 편리하게 사용했지만, 한복판에 링이 있는 게 거슬려서 다시 출판사 수첩으로 돌아갔다. 몇 년 동안 그것을 사용하다가 우연히 해외 하이브랜드 수첩이 사용하기 편하다는 얘기를 들었다. 그 수첩은 가죽 제품 커버로 크기가 몇 종류나 되고, 수첩 본체와는 별도로 주소록 리필이 첨부

되어 있었다. 메모지로 쓸 수 있는 하얀 속지 리필도 따로 팔았다. 커버에 장착된 훅에 가는 링으로 묶인 리필을 고정하는 구조다. 몇 종류의 사이즈 중에서 A6 크기가 내 작은 손에도 쏙 들어오고, 두께도 적당하고 가벼웠다. 커버는 해지거나 하면 수리해준다고 하니 크게 파손되지만 않으면 계속 사용할 수 있다. 리필만 교환하면 반영구적으로 사용할 수 있는 것도 매력이었다.

초기 투자비용은 커도 커버나 리필 감촉이 훌륭해서 역시 다르다고 감탄했다. 리필은 링으로 묶어놓았지만, 조금도 신경 쓰이지 않을 만큼 섬세하게 만들었다. 새끼 고양이가 털을 먹고 토해서 얼룩이 지는 바람에 다시 사긴 했지만, 그후로는 20년 이상 줄곧 같은 커버를 사용했다. 값이 비싸서 쉽게 바꿀 수도 없었다. 커버 본체는 변색하거나 모퉁이가 닳는 일도 없이 세월을 따라 손에 익숙해지고 사용하기 편해졌다. 처음에는 프랑스어, 영어 리필뿐이었지만, 이윽고 일본어 표기도 나와서 점점 사용하기 좋아졌다.

처음에는 365일 사용하는 것이니까 하고, 1만 엔 가까운 리필도 큰마음 먹고 샀다. 종이도 아주 얇지만 뒷장에 비치지 않는다. 결점은 가격뿐이라고 생각하면서 해마다 연말이면 샀다.

그러나 몇 년 지나는 사이, 환율이 떨어졌는데도 가격은 내리지 않았다. 내리긴커녕 슬금슬금 올랐다. 급기야 1만 5,000엔이 됐을 때,

"이건 더이상 안 되겠네."

하고 포기했다. 그렇게까지 주고 수첩 리필을 살 필요가 없었다.

이 수첩의 호환용 리필을 팔면 좋을 텐데 하고 찾아보았으나, 대용품은 보이지 않았다.

내가 이 수첩의 촉감이 좋다고 했더니 편집자 몇 명이 해외 출장길에 자기들도 면세점에서 샀다고 했다. 나는 펜홀더가 달리지 않은 심플한 타입을 사용하는데, 펜홀더가 달린 수첩을 산 한 남성이 펜을 잃어버린 모양이었다. 문구점마다 가서 그 홀더에 들어갈 펜을 찾았지만, 너무 가늘거나 너무 굵어서 시판하는 펜은 하나도 맞지 않았다고 한다. 미묘한 지름으로 펜홀더를 만든 것이다.

"가죽은 늘어나니까 쑥 꽂으면 들어가지 않을까요?"

라고 했더니,

"저도 해 봤는데요. 아무리 해도 안 들어가더군요. 정말 잘 만들었더라고요. 그 수첩 말곤 사용할 수 없도록."

하고 한탄했다. '한번 사면 떠날 수 없습니다' 방식이었다.

정말로 호환할 수 있는 리필은 없는지 인터넷에서 검색해보니 다들 이 수첩 리필 가격 때문에 고심하는 듯, 몇 군데 호환할 수 있는 메이커를 알아냈다. 그러나 내가 1, 2순위 후보로 뽑은 것은 모두 품절이었고, 다른 문구점에 가서 현물을 보니,

"으음"

하는 신음이 절로 나왔다. 확실히 가격은 10분의 1 이하지만, 촉감이나 지질이 도무지 마음에 들지 않았다. 커버와 균형이 맞지 않아서, 그 브랜드 가죽 커버에 대용품을 끼워서 사용하느니 차라리 그 수첩을 사용하지 않는 게 나아보였다.

그후 수첩 찾기가 시작되었다. 오랜 세월 이 수첩에 익숙해져서 사용하기 편한 사양이 나름대로 정해져 있었다. 최소한 매달 메모식 블록캘린더와 매일 용건을 적어 넣을 페이지가 필요했다. 나는 한 달 단위로 작업 흐름을 보기 때문에 수첩이 일주일 단위이면 전체 스케줄을 파악하기 어렵다. 주소록과 메모 리필은 지금까지 사용한 수첩의 것을 계속 사용하기로 해서 수첩 본체가 없어도 문제는 없다.

서점과 문구점은 물론 잡화점에 가면 수첩코너에서 이것저것 들어보았지만, 딱히 마음에 드는 게 없었다. 블록캘린더와

메모용 페이지뿐인 얇은 수첩도 나쁘진 않았지만, 매일 스케줄을 꼼꼼하게 써넣을 수 있는 페이지가 필요했다. 나는 전철을 타고 외출할 때 전철 발차, 도착시각, 역 출구번호, 현지의 간단한 지도 등을 적어두므로 그런 공간도 필요했다.

다시 인터넷을 찾아보니, 친절하게 수첩이나 블록캘린더를 프린트해주겠다는 사람도 있었다.

"약간의 사례를 해주면 좋겠습니다."

하고 조심스럽게 말하는 사람도 있고, 다양한 유형이 올라와 있었다. 블록캘린더 1년분, 12장을 프린트해서 한 달마다 접어서 수첩에 끼워넣고, 수첩은 좌우 양페이지 2주짜리 얇은 것을 살까도 생각했지만, 낱낱이 흩어질 가능성이 커서 그것도 무리였다.

나는 작업하는 식탁 뒤에 해마다 이와고 미츠아키일본의 동물 사진가 씨의 대형 고양이 달력을 걸어두고 있다. 블록캘린더 타입이어서 거기에 마감일과 일정을 색깔로 구분하여 적어 넣는다. 이게 있으니 수첩 블록캘린더는 필요 없지 않을까 했는데, 미팅 때 스케줄 등을 듣고 이리저리 페이지 넘기는 게 귀찮아서 한 달을 바로 볼 수 있어야 편하겠다고 생각했다. 그렇다면 프린트를 할까로 돌아갔다가, 역시 낱낱이 흩어지면 곤란하니 안 돼, 하고 계속 원점에서 돌고 있다.

달력과 수첩에 같은 내용을 적는 것은 낭비일지도 모른다. 물건 낭비는 잘 느끼면서, 이런 작업 낭비는 별로 생각한 적이 없다. 집안일은 되도록 간편하게 하려고 하니 작업도 그러면 좋을 텐데, 손으로 쓰는 것을 좋아해서인지 달력과 수첩에 같은 내용을 적어도 힘들거나 귀찮지가 않다. 즐겁기까지 하다. 사서 고생이다.

대체로 서점이나 문구점에 진열된 수첩은 동일 브랜드가 많아서 몇 군데를 돌아보아도 별로 차이가 없다. 하지만 가장 큰 문제는 노안이 와서 작은 글씨를 보기 어려워진 것이다. 나는 평소 안경을 쓰지 않아도 보여서 밖에서는 시력 교정용 안경을 끼지 않는다. 콤팩트한 수첩을 찾으니 글씨가 작고, 큰 글씨를 찾으니 수첩이 커진다.

"이대로 한 치수만 작았으면."

"이대로 조금만 컸으면."

등등 좀처럼 마음에 드는 것이 없었다. 스케줄을 적어넣기만 하면 되는 것도 아니다. 디자인을 무시할 수도 없다. 너무 중년 남자스러운 디자인도 싫고, 팬시한 것도 곤란하다. 디자인도 크기도 마음에 들어서 안을 펼치면 촌스러운 꽃무늬가 전면에

왜게 그려져 있기도 하고, 쓸데없는 장식이나 일러스트가 많아서 종류는 많지만 이렇다 할 만한 것을 몇 달째 찾지 못했다.

어느 날, 정기 구독하는 잡지에서 수첩을 발매한다고 했다. 전에도 그곳에서 수첩을 판매했다. 얇고 심플해서 마음에 들긴 했지만, 수첩 리필 가격이 불만이어서 사지 않았다. 그런데 이번에 발매하는 것은 그보다 약간 큼직하고 블록캘린더 중심이었다. A5보다 약간 작고 양면에 연간 스케줄 페이지가 있다. 매달 블록캘린더와 그달 스케줄을 매일 한 줄씩 써넣는 페이지가 있다. 콤팩트하게 정리된 데다 두께도 5밀리미터 정도로 얇다. 다만 문제는 표지 디자인이 별로 내 취향이 아니라는 것이었다. 비닐 커버가 있었는데, 본체 커버가 인쇄된 게 아니라 벗길 수 있을지도 모른다는 생각에 주문해보았다.

도착한 수첩을 보니 블록캘린더 칸이 3센티미터 정도로 크고 기입 공간도 넓고 여유로웠다. 끝에 메모칸이 있는 것도 사용하기 편할 것 같았다. 가장 기쁜 것은 예상했던 대로 본체 커버는 인쇄된 무늬 종이만 씌운 것이어서, 그걸 벗기니 새하얀 본체가 등장했다. 오, 표지를 내 마음대로 꾸밀 수 있다.

나는 얼른 마스킹테이프통을 꺼내서 화가 히구치 유코 씨의 고양이 마스킹테이프, 이웃 문구점에서 산 고양이 얼굴 사진이

세상에~
귀엽네!!

줄줄이 있는 마스킹테이프, 돈코짱이라는 고양이 마스킹테이프를 표지와 뒤표지에 붙이고 원래대로 비닐 커버를 씌웠다.

"세상에, 귀엽네."

대만족이었다. 리필 15분의 1 가격으로 이런 만족도라니. 이것으로 전에 사용하던 수첩의 메리트가 없어졌다. 지금까지 왜 사용했을까 생각하니 사용하기 편한 것도 있었지만, 고급브랜드 수첩을 사용한다는 허세도 있었던 것 같다. 그러나 앞으로는 이 심플한 수첩으로 충분하다. 지금 사용하는 주소록과 메모장 부분은 아직 여백이 많다. 커버도 버리지 않고 사용할 수 있다. 하나로 합쳐놓은 기능이 두 개로 나뉘기는 했지만, 수첩에 붙인 일러스트나 고양이 얼굴 사진을 보면 마음이 푸근해진다.

수첩을 손에 드는 것이 즐겁고 기쁘다. 나이를 먹을수록 점점 기쁘다고 느끼는 일이 적어져서 수첩이라도 보며 기분이 좋아지는 일이 소중하다. 이제 허세를 부리기보다 나 자신이 기뻐할 수 있는 일이 더 중요해졌다.

도둑잡기 게임은 그만

포인트카드

슈퍼마켓 계산대에 서면 늘,

"포인트카드 있으세요?"

하고 묻는다. 예전에도 이렇게 물었지만, 없다고 하면 그냥 넘어갔다. 그런데 최근에는 계산대 점원이,

"실례했습니다."

하고 사과를 한다. 그러면,

"아뇨, 천만에요."

라고 말하고 싶어지는데, 예전에는 포인트카드가 없다고 하면 고개를 홱 돌리는 점원도 있었다. 만들라고 끈질기게 권유하는 사람도 많았다. 그때마다,

"괜찮습니다."

거절하면,

"어째서요. 갖고 계시면 포인트가 쌓여서 할인이 되고 이득인데."

하고 어이없어하며,

'희한하네, 이 사람.'

하는 얼굴을 할 때도 있다. 한마디 하면 또 성가신 사태가 벌어질 것 같아서,

'어쨌든 필요 없는걸.'

하고 속으로 중얼거리면서 계산을 기다렸다. 대부분은 갖고 있지 않다고 대답하면 점원이 끄덕이는 것으로 끝난다. 아마 끈질기게 권유하거나 무시하는 직원 응대에 클레임을 건 사람이 있어서,

"괜한 걸 여쭤서 죄송합니다."

하는 태도로 바꾸었을 것이다.

슈퍼마켓에서는 그런 일이 일어나지 않지만, 작은 가게에서는 포인트카드 때문에 화날 때도 많다. 전에 유기농식품 가게에 자주 다녔는데, 그곳에서도 포인트카드를 발행하여 1,000엔어치 살 때마다 도장을 찍어 주고 기한 내에 20개가 모이면 다

음 장보기 때 5퍼센트를 할인해 주는 시스템이 있었다.

한번은 계산대에서 정산하는데 2,000엔이 채 안 되는 금액이 나왔다. 그러자 계산대 점원이,

“180엔어치만 더 사시면 두 개를 찍을 수 있는데 더 사실 것 없으세요?”

라고 했다.

“필요한 건 다 샀으니 괜찮아요.”

하고 거절하자, 그 대화를 듣고 있었는지 다른 점원이 이런 저런 물건을 들고 와서 내게 보여 주며,

“이건 180엔, 이건 200엔…….”

하고 권했다.

“필요한 게 없으니 괜찮습니다.”

거절하자,

“그렇지만 180엔만 더 사면 되는데요.”

하고 한 번 더 밀어붙였다.

“아뇨, 괜찮습니다.”

그러자 두 사람은 얼굴을 마주보며 강매를 포기했다.

이 가게는 에호마키절분, 즉 입춘 전날에 세시풍습으로 먹는 김밥가 주력이었다. 그래서 절분이 가까워지면 끈질기게 예약을 권했다. 너

무나 끈질겨서,

"우린 집에서 만드니까 필요 없어요."

하고 거짓말을 하고 왔다.

"원래 에호마키란 건……."

하고 말을 꺼내면 내가 이상한 손님이 될 테니 거짓말을 하는 편이 가게에서 빠져나오기 쉽다. 몇 년째 계속돼서 그 시기에는 그 가게에 가지 않았다. 늘 그런 것이 아니라 점원이 자주 바뀌니 끈질긴 사람이 있고 그렇지 않은 사람이 있다. 이건 거의 복불복이다. 계산할 때 아, 다행이다, 하고 안도할 때와 걸렸네, 하고 식은땀을 흘릴 때가 있다. 지금은 그 가게에 가지 않는다. 가게에 갈 때마다 조마조마해야 하는 것이 싫었다.

내가 장을 보는 시간대는 오전이나 이른 오후가 많아서 슈퍼에 있는 사람은 대부분 고령자나 어린아이를 데리고 나온 새댁, 지금 막 일어난 듯한 남학생이 많다. 전에는 계산대에 줄을 서 있으면 어느 정도 연령의 여성은 대부분 포인트카드를 갖고 있었지만, 내가 장을 보러 가는 슈퍼마켓에서는 의외로 많지 않았다.

"포인트카드 있으세요?"

물으면 고개를 젓는 사람이 꽤 있었다. 내가 보기에는 할아버지나 남학생이 가지고 있는 경우는 전무했다. 대부분 남성은 자신이 흥미 있는 분야의 쇼핑 이외에는 포인트카드를 갖고 싶어 하지 않을 것이다.

전에 텔레비전에서 포인트카드를 60장 갖고 있다는 여성을 보았다. 지갑은 포인트카드로 빵빵했고, 거기에 다 들어가지 않아서 천 주머니에 남은 카드를 넣어 다닌다고 했다. 60장이라면 60곳이란 말이다. 그렇게 이용하는 가게가 많은가 생각해 보니, 이를테면 외식이 많아서 단골 가게가 있고 그 가게마다 포인트카드를 만들면 한없이 늘어간다는 사실을 깨달았다. 밥집, 카페, 라면집, 술집 등, 각각 여러 개의 단골이 있고, 여성이라면 옷 가게, 속옷 가게, 잡화점, 구두 가게, 화장품 가게, 미용실, 슈퍼마켓 등등, 눈 깜짝할 사이에 10장 이상 된다. 그리고 그 장르 속에서 지역에 단골이 있다면 60장이 되기도 하겠다고 감탄했다.

내가 포인트카드를 갖지 않게 된 것은 60장을 가진 여성처럼 주는 대로 다 받아서 갖고 다니면 끝이 없기 때문이다. 지폐나 동전보다 포인트카드로 지갑이 빵빵해진다. 게다가 지갑에 빽빽하게 꽂힌 모습도 답답하다. 가게 측에서 보면 손님을 자기 가게에 붙들어둘 중요한 아이템이겠지만, 물건을 줄이고 싶은 나로서는 사양할 수밖에 없다.

작년에 이웃 동네 슈퍼마켓에 갔더니 다른 물건은 별로지만, 과일만은 종류가 다양하고 질이 좋았다. 여름에는 오로지 과일을 사기 위해서 그곳에 다니다 샤인머스캣에 빠졌다. 우리 이웃의 슈퍼마켓에서도 팔지만, 가격은 싸도 품질이 좋지 않았다. 그러나 그곳은 가격은 좀 비싸도 품질이 좋았다. 그래서 몇 번 사러 갔더니 계산대 아주머니가 이만큼 살 거면 바로 500엔 할인되는 포인트카드를 만들라고 했다. 거절하려고 했더니 그녀는 바로 카드를 꺼내서,

"자, 여기 이름과 주소를 적어주세요."

라고 했다. 뒤에 손님도 줄 서 있고 해서 만들고 사용하지 않으면 되지, 하고 카드를 받아서 돌아왔다. 다음에 또 샤인머스캣을 사려고 그 가게에 갔더니 어떤 시스템인지 모르겠지만, 포인트가 올라갔다.

그러다 몇 번째 갔을 때인가 계산하려고 하는 순간,

"빰빠바밤!"

하고 계산대에서 엉뚱하게 팡파르가 울렸다. 대체 무슨 일인가 하고 놀라서 보니 몇백 명째인가 몇천 명째 손님에게 1,000엔 할인권을 준다고 했다. 나는 몇 명째인지 모르겠지만, 이 황

당한 소리의 당사자가 된 부끄러움에 계산대 점원의 설명도 거의 머리에 들어오지 않았다. 그저,

"아, 네네, 아, 네, 그런가요."

빠르게 대답하고 1,000엔이라고 이만하게 쓴 티켓을 들고 도망치듯 가게를 나왔다. 이런 일로 인생에 남아 있는 중대한 운을 쓰고 싶지 않았지만, 집에 돌아와서 정신을 차리고 생각해보니 역시 1,000엔 할인은 기쁜 일이었다. 다음에 샤인머스캣 살 때 할인을 받고는 그후로 그 가게에 가지 않는다. 포인트카드도 버렸다.

예전에는 포인트카드를 갖고 있던 나 같은 사람들이 인제 갖지 않게 된 것은 가게에서 권하는 대로 다 만들다가는 장수가 많아져서 관리가 곤란하기 때문일 것이다. 나이가 많아지면 걷기도 벅차서 한군데에서 장을 다 보는 일이 많지만, 아직 몸을 움직일 만한 사람들은 싸고 품질 좋은 곳을 찾아, 물건마다 가게를 골라서 산다.

나도 그렇다. 가게에 따라 상품 진열이 달라서 채소는 이 가게, 생선은 저 가게, 고기는 그 가게, 장보기 내용에 따라 가는 가게를 바꾼다. 내 경우는 일곱 군데 있다. 만약 전부 포인트카드를 받는다면 일곱 장이 된다. 카드는 작지만, 하나둘 지갑에

어느거더라...
이걸로
적립해드릴게요!
POINT
MART

쌓이면 신경이 쓰여서 견딜 수가 없다. 곧잘 계산대에서,

"어, 어느 건지 모르겠네. 이건가."

하고 나이든 사람이 트럼프카드로 도둑잡기 하듯이 포인트카드를 펼쳐 놓고 있으면 점원이 그중에서,

"이거네요."

하고 한 장 뽑는 모습을 본다. 가게 이름이 선명하게 있다면 모르겠지만, 요즘 카드는 세련되게 만드느라 고령자가 알아보기 어려운 것도 있다.

그래도 사용하고 싶은 사람은 사용하면 된다. 그러나 결국 가게에 득이 되는 상술인 포인트카드는 내게 필요 없다. 마음에 드는 가게는 있지만, 그곳에서 쇼핑을 하는 것만으로 만족한다. 할인이 없어도 아무렇지도 않다. 내가 납득하고 대가를 치르면 그걸로 됐다. 물건이란 뭐든 그렇지만 남이 이건 많다 저건 적다라고 할 게 아니다. 당사자가 갖고 있는 포인트카드가 60장이든 100장이든, 관리할 수 있다면 그걸로 된 거다. 그러나 나는 전연 그런 타입이 아니어서 포인트카드와 영원히 이별했다.

비데가 알려준 진실

너무 버리는 것

지금까지 내 인생에서 가장 기가 막힌 사건이 일어났다. 나는 당황해도 부산을 떨고 패닉에 빠지는 성격은 아니지만, 이때만큼은 정말로 놀랐다.

저녁을 먹고 8시 반쯤 지나서였다. 내게는 가장 평온한 시간대였다. 화장실에 가서 볼일을 보고 화장실 휴지가 떨어져서 새것을 끼우려고 일용품을 쌓아둔 책방에 갔다. 그런데 그때 물소리가 들렸다.

우리 집은 지은 지 30년 된 맨션으로 내가 이곳에 산 지는 20년이 지났다. 외장은 수선해서 깔끔해졌지만, 실내 여기저기에 문제가 생기고 있다. 화장실도 가끔 물탱크 안의 고무 수전이 잘 내려가지 않아, 변기 위의 손씻기용 물일본 변기는 물탱크 위에 손을 씻을 수 있는 작은 세면대가 있고, 이를 변기 물탱크로 흘려보내 재활용하는 구조다 이 줄줄 흐르기도 하고 변기 물이 계속 나온 적도 몇 번이나 있었다. 그러나 그것도 물탱크 뚜껑을 열고 수전을 조정하면 그쳤다. 물 흐르는 소리를 듣고 또 그런 거겠지 하고 화장실에 가보니, 비데에서 물이 엄청난 기세로 뿜어 오르고 있었다. 바닥엔 흥건한 물이 탈의실까지 흘러나왔다.

놀라서 기절초풍할 뻔했다. 나는 얼른 욕실 앞에 있는 발닦이용 수건을 바닥에 깔았지만, 아무 도움도 되지 않았다. '아래층에 물이 새면 큰일이다. 물을 빨아들이도록 수건을 깔아야지' 하고 서랍을 보니 필요 없는 물건을 다 버린 탓에 안에 있는 것은 페이스타월 두 장뿐. 바스타월도 처분해서 없었다. 이 시점에서 우리 집에는 이 긴급한 사건에 대처할 만한 숫자의 수건이 없다는 것을 알고 나는,

"아아아악, 어떡하지."

하고 당황했다. 솔직히 말하면 엄청나게 당황했다.

어떻게든 비데에서 솟구치는 물을 막기 위해 빨래한 세탁물을 베란다로 나를 때 사용하는 L사이즈의 고무양동이를 들고 와서 벽과 변기 사이에 끼워넣었다. 부드러운 재질이라 쏙 들어

가줘서 정말로 다행이었다. 플라스틱이라면 무리였을 것이다. 솟구치는 물은 그 안으로 받을 수 있게 됐지만, 바닥을 적시지 않게 되었을 뿐 물이 멈춘 것은 아니었다. 이미 발밑은 물에 잠겨 있었다. 어떻게든 물을 멈추게 하려고 드라이버를 갖고 와서 화장실 안 수도관에 있는 수전을 닫으려고 했지만, 굳어서 움직이지 않아 물을 잠글 수가 없었다. 나는 양동이가 물을 계속 받고 있는 것을 확인하고 1층에 사는 주인에게 달려갔다.

쉬고 있을 시간일 텐데 미안하다고 속으로 사과하면서 주인집 인터폰을 눌러서,

"화장실 비데에서 물이 계속 솟구쳐서 물바다가 됐어요. 아래층에 물이 새지 않을까 걱정돼서요."

하고 호소했다. 주인집은 일단 맨션 밖으로 나가야 갈 수 있다. 둘이서 우리 집으로 돌아왔을 때 맨션용 오토록 해제 비밀번호를 눌러야 하는데, 당황한 나머지 틀린 비밀번호를 입력했다.

"아아, 뭐지……."

하고 소리치는 내게 주인이,

"내가 열게요."

하고 비밀번호를 입력했다.

주인은 나와 함께 집에 와서 상황을 확인하고,

"이거 큰일났네요. 수도를 잠가야겠네. 아래층에 물이 새지 않는지 물어보고 올게요."

하고 달려갔다. 그때 옆집 사람이 지나가다 무슨 일이 있는지 물어서 내가 어깨로 숨을 헐떡거리며,

"변기에서 물이 솟구쳐서."

하고 가리키자, 그녀는 화장실을 들여다보고,

"아앗, 큰일났네요."

하고 서둘러 자기 집으로 돌아가서 대량의 바스타월을 안고 돌아왔다. 어째서 이렇게 많은 바스타월을 갖고 있는 걸까 생각했지만, 정말로 고마웠다. 큰 도움이 됐다. 그걸 바닥에 깔자마자 바닥에 고인 물을 거의 전부 빨아들였다. 가득한 양동이 물도 어떻게 해야 하는데, 하고 물을 분출한 원흉인 비데를 힘껏 떼어내서 솟구치는 물이 변기 안으로 떨어지게 하니 겨우 마음이 진정됐다. 그러나 이대로 물이 계속 솟구치면 이곳에서도 넘쳐난다.

아아, 어떻게든 해야 하는데, 하고 초조해하고 있으니 마침 주인이 원전을 잠가서 물은 겨우 멈추었다.

"하아."

한꺼번에 힘이 빠지고 정신이 멍해졌다. 물은 멈추었지만, 이제 욕실도 세면실도 주방도, 물론 화장실도 사용하지 못한다. 이웃집 사람은

"우리 집에서 쓰세요."

라고 말해주었지만, 목욕도 해야 하고 자기 전에는 화장실에도 가야 한다. 갑자기 변의를 느낄지도 모른다.

"빨리 어떻게 안 될까요?"

주인에게 부탁하자, 주인이 잘 아는 업자에게 바로 연락해서 다행히 30분 만에 와주었다.

원인은 비데 파손이었다. 이 비데는 몇 년 전부터 비데 기능을 잃고 있었다. 그렇지만 아까워서 겨울에는 따뜻한 변좌, 그 밖의 계절에도 그냥 변좌로 계속 사용했다. 그러나 갑자기 화장실 내 수도관에서 이어진 비데 본체 호스 부분이 파손되어, 그곳에서 물이 솟구친 것이다. 하루에 몇 번이나 사용하는데, 이상한 곳이 생기면 물이 새거나 해서,

"좀 위험합니다."

하고 비데가 미리 신호라도 주었더라면 좋았을 텐데 정말로 느닷없이 물이 솟구쳤다. 전화電化제품에는 이런 일도 있다는 걸 알았다.

"이 비데는 이제 사용하지 못하는데 어떻게 할까요?"

업자가 말하지 않아도 이미 본래의 기능은 잃고 있어서,

"비데 호스를 빼셔도 됩니다."

하고 부탁했다.

"알겠습니다. 바로 빼도록 하죠."

업자는 수도관과 비데를 연결한 호스를 빼고 수도관의 분기分岐 부분에 금속제 뚜껑을 해주었다. 이제 수도관과 비데가 연결되지 않아서 절대로 물이 솟구치지도 않고, 솟구칠 일도 없다. 충분한 작업이었다.

"휴우우."

한 번 더 한숨을 쉬고 진심으로 안도했다. 그렇게 당황하고 소동이 일어났던 게 믿을 수 없을 만큼 고요해졌다. 이웃집 사람이 고무양동이 물을 욕실까지 나르는 걸 도와주었지만, 둘이서도 들어올릴 수 없어서 화장실 옆에 있는 욕실까지 질질 끌고 가서 하나둘셋 하면서 쏟았다. 이 양동이 용량이 38리터이고, 바닥에 깐 10장 이상의 타월이 전부 물을 흠뻑 빨아들여서, 들어올리니 그 무게로 물이 좌르륵 흘러내렸다.

젖은 바스타월을 고무양동이에 넣고, 남은 것은 세면실 싱크대에 쌓았다. 아래층에 물이 새지 않은 게 불행 중 다행이었다.

2리터들이 페트병 물을 바스타월에 쏟아도 그렇게 흠뻑 젖지는 않을 테니, 흘린 물이 60리터는 넘지 않을까 싶다.

보온용으로 사용했던 비데를 떼어 냈으니 원래 달렸던 변좌를 달아야 했다. 그 작업을 할 시간이 없어서 한동안 그대로 사용하기로 하고, 일반 변좌가 된 비데의 콘센트를 뺐다. 비데 내부에서 물이 넘쳤는데 그대로 전기를 꽂아 두는 것은 좀 무서웠다. 앉는 순간 엉덩이에 감전된다면 부끄럽지 않겠는가. 그런 얘기를 했더니 이웃에 사는 친구가,

"그럼 엉덩이가 차갑겠네."

하며 변좌에 붙여서 사용하는 시트를 주었다.

"이런 거라도 있으면 좀 낫지 않을까."

그녀의 말대로 변좌 모양으로 구부러진 시트를 붙여 보았더니, 벌떡 일어날 정도로 차가웠던 변좌가 따뜻해졌다. 얼핏 보기에는 별것 아닌 것 같아도 무시할 게 아니구나 하고 감탄했다.

화장실 안 수도관에 금속 뚜껑을 해서 어디에서도 물이 샐 리가 없는데 그래도 아직 변기 물을 내린 뒤, 어디선가 물이 솟구치지 않을까, 두리번거렸다. 정말로 세상에 무슨 일이 일어날지 모른다는 사실을 명심했다. 기본적으로 판단 실수였다. 비데

가 세정 기능을 잃었을 때 교체해야 했다. 아깝기도 하고 아직 쓸 만한 것 같아서 남아 있는 기능을 계속 사용하다가 이렇게 되고 말았다.

수도관과 연결한 호스 부분에 문제가 있었겠지만, 나중에 봐도 뭐가 잘못돼서 물이 대량으로 솟구쳤는지 도통 알 수 없었다. 비데에서 불이 난 사례도 있다고 하니, 집이 물에 잠기고 이웃집이나 주인에게 민폐를 끼치긴 했어도, 불이 나는 것보다는 나았다고 안도했지만, 나중에서야 무서워졌다.

또 한 가지 반성한 것은 집에 타월이 너무 적었다는 거다. 내가 욕실에서 몸을 닦는 것은 바스타월보다 작은 스포츠타월이나 페이스타월이다. 원래 용도로 사용하는 데는 문제가 없지만, 이번 같은 돌발적인 사건에 대응하기에는 너무나 장수가 적었다. 적어도 바스타월이 두세 장만 있었다면 초기에 더 적절한 대응을 할 수 있었을 텐데. 페이스타월 중 몇 장은 세탁기 속에 있었고, 사용할 수 있는 것은 두 장밖에 없어서 어떻게 할 수도 없었다.

만약 이웃집 사람이 타월을 잔뜩 갖고 와서 도와주지 않았더라면, 주인이 수도를 잠글 때까지 행주며 걸레며 침대시트까지 갖고 나와야 했을 것이다. 그마저 많이 있는 게 아니어서 바스타월만 못했을 것 같다. 그리고 부드러운 소재의 고무양동이가 없었더라면 더 큰일이 났을 것이다.

어느 집에나 이런 일이 일어나는 건 아니겠지만, 일어나지 않을 거라고 장담할 수도 없다. 우리 집처럼 지은 지 오래된 맨션이라면 여러 가지 것이 연결되어 있어서 보이지 않는 부분이 낡으면, 이런 사건은 충분히 일어날 수 있다. 정말로 아무런 전조도 없이 화장실을 사용한 뒤에 갑자기 물이 솟구쳤다. 집안에서도 다양한 사건이 일어나기 마련이다.

일단 타월을 너무 버린 건 반성했지만, 그렇다고 타월을 많이 쟁여놓기도 그렇다. 물건을 버릴 때는 사고가 발생할 것을 고려하지 않는다. 이것저것 생각하면 아무것도 처분하지 못하기 때문이다. 내가 물건을 버리지 못했던 건 다양한 사례를 상정하고,

"이것만 있으면 안심, 이제 오케이."

이런 면죄부를 만들어서다. 타월만 해도 비가 계속 오거나 장마철에 마르지 않으면 곤란하다는 이유로 많이 갖고 있었다. 그런데 바스타월은 말리기 힘들고 빨래도 힘들고 페이스타월로 충분하다, 자주 빨면 많은 장수도 필요 없으니, 전부 청소할 때 쓰고 버릴 천으로 잘라서 다 써버렸다. 그 결과가 이런 꼴이

었다.

부모 세대가 물건을 버리지 못하는 이유는 무슨 일이 있을 때를 대비해서라는 마음가짐 때문이다. 그러나 다행인지 불행인지 그런 사건은 없고 물건은 그저 쌓여갔다. 특히 전쟁을 경험해본 사람이라면 물자가 없는 생활을 알고 있어서 집에 물건을 쌓아두는 습관이 생겼을 것이다. 그런 얘기를 들을 때면,

"지금은 그런 시대가 아냐. 필요하면 편의점이든 슈퍼든 가까이 있으니 괜찮아."

라고 생각했다. 그러나 이런 돌발적인 일은 전혀 생각하지 못했다. 일단 천재지변, 방범, 방재에 관해서는 피난굿즈, 이중열쇠, 화재경보기 등의 대책을 취했지만, 극히 평범한 주택가여서 그 이외에 내게 피해가 주는 사건이 일어나리라고는 생각도 하지 않았다. 내가 피해를 입을지도 모를 사례 중에 '변좌에서 물이 솟구친다'는 없었다.

그러나 나는 운이 좋았다. 마침 물을 받을 커다란 고무양동이가 있었다. 나중에야 전에 소지품을 대량 처분할 때 사용한 70리터짜리 쓰레기봉지가 남아 있어서 그걸 두 겹으로 겹쳐서 물을 받아도 됐겠다고 생각했지만, 그때는 머리가 돌아가지 않았다. 그리고 주인이 1층에 살고 있고, 마침 집에 있어서 바로

부족했던
타월이
자꾸
생각나

대응해 준 것, 업자가 마침 시간이 돼서 빠른 시간에 와준 것, 그리고 옆집 사람이 마침 대량의 바스타월을 갖고 있었던 것. 만약 주인이 따로 살고 관리 회사도 근무 시간이 아니어서 연락이 되지 않고, 옆집과도 모르는 사이고, 타월도 한 장밖에 없었다면 난리도 아니었을 터다.

물건을 소유하지 않는 것과 안전이 일치하지 않는다는 것은 이번 사고로 절실하게 깨달았다. 물건을 가지고 있어도 본인이 패닉에 빠져서 대처하지 못하면 아무런 의미도 없다. 그러나 필요한 물건이 없어서 대처를 제대로 못한 게 분했다. 가족이 있으면 다를 테고, 화재 관련 사고에 나설 수는 없지만, 혼자 살면 무슨 일이 일어났을 때 일단 직접 대처해야 한다.

지금은 아무 일도 없었던 것처럼 평온한 일상으로 돌아왔지만, 사고 때 부족했던 타월이 자꾸 생각났다. 그래서 평상시에는 필요가 없었지만, 다시 물 문제가 생겼을 때의 보험으로 바스타월을 두 장 구입했다.

3

생활

내 인생의 장애물

결혼

일본의 생애 미혼율50세까지 결혼한 적 없는 사람의 비율이 높아지고 있다고 한다. 2015년 국정조사 자료에 따르면, 여성은 14.06퍼센트, 남성은 23.37퍼센트다. 나는 당당히 이 14퍼센트에 들어간다. 하지만 유유상종이라던가. 친한 친구 중에는 독신 여성이 많아서 미혼자가 전체적으로 이렇게 소수일 줄은 생각지도 못했다. 그나마 결혼한 친구 중에도 아이가 있는 부부는 없으니, 내 친구들이 좀 특수한 건지도 모르겠다.

어째서 내가 지금까지 결혼하지 않았는가 하면, 어릴 때부터 결혼에 대한 이미지가 아주 나빴기 때문이다. 우리 부모님은 주머니가 여유로울 때는 사이가 좋았지만, 추울 때는 무진장

살벌해서 매일 싸웠다. 유감스럽게 주머니가 따뜻한 날은 거의 없고 대부분 극한의 땅과 다름없는 추위여서 1년 중 360일은 싸우는 날이었다.

경제권은 디자인 사무실을 운영하던 아버지가 잡고 있었는데, 수입이 있으면 일단 자기가 갖고 싶은 것을 사고, 그 나머지로 우리가 생활하는 구조였다. 엄마도 일일이

"돈 좀 줘요."

라고 하는 게 귀찮았을 테고, 자기 손으로 자유롭게 쓸 돈을 벌고 싶었을 것이다. 그러나 아버지는 엄마가 일을 한다고 하면 맹렬히 반대했다. 어린 나는 이유를 알 수 없었지만, 남자 체면이 어쩌고저쩌고하기에,

'아, 그 남자의 체면이란 것 때문에 반대하는구나.'

생각했다.

생활비가 부족해서 엄마가 돈 좀 줘요, 하면 아버지가,

"요전에 줬는데 벌써 떨어졌을 리가 없어."

라고 우겼다. 그래도 엄마가 물러나지 않으면, 이번에는,

"가계부 갖고 와."

라고 했다. 엄마가 가계부 노트를 보여주면 그걸 보고 으음 하고 한참 신음한 뒤에 갑자기 옷장 서랍을 뒤졌다.

"뒤져 봤자 꿍쳐놓은 돈 없다고요."

엄마는 어이없는 얼굴로 앉아 있었다. 나는 돈을 주고 싶지 않아서 필사적으로 비상금을 찾아내려는 아버지와 어이없어 하는 엄마의 모습을 보며 어째서 이런 두 사람이 같이 살까 신기해서 견딜 수 없었다. 그런 두 사람이어도 아버지가 어딘가에 근무하고 몇 시간씩 집을 비우면 엄마도 조금은 마음 편히 쉴 수 있었을 텐데, 아버지는 집에서 일을 해서 24시간 붙어 있었다.

아버지는 나와 동생한테도 미움을 받았다. 아버지가 자기 취미인 카메라가 갖고 싶다는 이유로 몰래 우리 저금을 찾아 썼기 때문이다. 가족 세 명에게 차가운 시선을 받으면서도 엄마의 비상금을 찾지 못하자, 아버지는 불쾌한 듯이 지갑에서 1,000엔짜리를 꺼내 엄마한테 던졌다. 그러면 엄마는 돈만 받으면 볼일은 끝났다는 표정으로 그대로 장을 보러 나갔다.

이런 부부생활을 거의 매일 보고 살았으니 결혼을 동경하는 게 이상하다. 그러나 지금 생각해보면 이런 부모 때문에 내가 책을 좋아했던 게 아닐까 싶다. 부모와 지내는 게 즐거웠더라면 책 읽을 시간이 없었을 테지. 나는 그 짜증 나고 성가신 현실에서 도피하기 위해 책을 읽고, 가슴 설레하며 공상의 세계에 잠겼다. 부모님도 내가 책을 읽고 있으면 말을 걸지 않아서 하염없이 읽었다. 그 점에서는 부모님에게 감사해야 할지도 모른다.

초등학교 4학년 때, 어쩐 일로 아버지에게 일이 많이 들어와서 정원이 넓은 현대식 콘크리트 집으로 이사했다. 잠깐 동안 부모님은 사이가 좋아졌지만, 이내 아버지 일이 끊겨서 다시 날마다 부부싸움이 이어졌다. 나는 이런 집에서 당장이라도 나가고 싶어서 중학교를 졸업하면 취직을 하기로 마음먹었다. 마침 하야시 후미코의 『방랑기』를 읽은 직후여서 일하는 여자의 삶과 '남편에게 돈을 받고 생활하는 주부가 아닌 입장'을 알게 됐고,

"내 인생은 이거야!"

하고 정했다. 학교에서 돌아오는 길에 가장 친한 친구에게 내 계획을 얘기했더니,

"나도 있지……."

하고 작은 소리로 얘기를 꺼냈다. 들어보니 자기는 부모님의 친딸이 아니었다는, 어린 나이에 상당히 충격이 큰 얘기여서 내 고민을 상담할 때가 아니었다. 그래도 그 아이는,

"나도 좀 이상하다고 생각했었어. 음, 역시 그랬구나, 싶더라."

하고 담담히 얘기했다. 알고 보니 그 아이의 친엄마는 양엄마의 동생, 즉 이모였다. 생판 남이 아니라, 멀리 살긴 하지만 친척이어서 지금까지 몇 번이나 친엄마를 만난 적이 있었다. 자기도,

"엄마하고는 하나도 닮지 않았는데, 어째서 이모랑 이렇게 많이 닮았을까."

이상하게 생각했다고 한다. 그녀의 양부모는 아이가 생기지 않아서 자식이 넷이나 있는 동생 집에서 그 아이를 데려와 양녀로 삼았다는 얘기였다. 친구가 별로 의기소침하지도 않아서 나도,

"흐음."

하고 끝냈지만, 어째서 자식이 없으면 안 되는 걸까. 조카로서 귀여워하면 될 텐데 굳이 부모에게서 떼어내서 자기 자식으로 키울 이유가 있을까. 어린 마음에도 이해가 되지 않았다. 그러나 그 아이가 양녀가 되지 않았더라면 나와 그 아이는 만나지 못했을 테니, 그 점은 뭐 다행이었다.

중학교에 간 뒤에도 부모님은 여전히 사이가 좋지 않았고, 우리는 정원이 넓은 현대식 주택에서 좁은 목조 주택으로 이사했다. 그러나 이 무렵부터 아버지가 사무실을 따로 얻고, 엄

마도 파트타임으로 일을 시작해서 얼굴을 맞대고 싸우는 일은 피하게 되었다. 아버지는 직장인과 마찬가지로 아침에 집을 나가서 밤이 되면 돌아왔다. 가끔 사무실에서 자고 오면 엄마와 나와 남동생은 좋아 죽으려고 했다. 중학생이 되자 좋아하는 남자아이도 생기고, '더 타이거스'의 줄리가 피 '더 타이거스'는 일본의 그룹사운드로 줄리는 보컬, 피는 드러머였다 와 결혼하면 좋겠다고 생각했다. 그건 현실과는 동떨어진 별개의 이야기였다. 제멋대로이고 자기밖에 모르는 남자는 우리 아버지뿐일 거라며, 다른 남자는 다를 거라는 꿈을 가질 수 있었다.

그러나 내가 대학생이 되고 사회인이 되자, 오잉? 하고 고개를 갸웃거릴 일이 많아졌다. 사귀기 전에는 다정하게 챙겨주던 남자가 사귀기 시작한 순간부터 '내 여자'처럼 속박한다. 연애 감정이 전혀 없는 회사의 남성들도 평소에는 큰소리치는 주제에 귀찮은 일은 전부 여직원에게 미루고, 자기가 거래처에 사과하기 싫으니,

"대신 사과해 줘."

라고 한다.

이놈이나 저놈이나 평소에는 큰소리 땅땅 치지만, 여차할 땐 여자 뒤에 숨어서 도망치려고 하다니, 우리 아버지랑 다를 바

없잖아.

한편으로 사회에서 만난 남성들에게는 아버지에게는 없는 존경스러운 부분도 있었다. 회사 리더 중에는 아랫사람에게 배려심도 깊고, 마음 넓은 사람이 많았다. 사물을 냉정하게 판단하고 아랫사람에게도 상처 입히지 않도록 얘기하려면 역시 인격이 갖춰져야 한다는 걸 느꼈다.

학교도 졸업했고, 이제는 자립해야겠다고 생각했을 때, 내게 결혼이라는 선택지는 없었다. 4년제 대학을 졸업한 여학생은 명문대를 졸업했거나 부모의 연줄이 없으면 취직할 데가 없었다. 대기업이나 방송국, 대형 출판사도 지정교 제도여서 회사가 지정한 대학 이외의 학생은 취직시험조차 칠 수 없었다. 지정교가 없는 일반 기업이라도 4년제 대학을 졸업한 여자는 받지 않았다.

그래서 교직과정을 이수하는 여학생이 많았지만, 나는 선생님이 될 마음이 없어서 하지 않았다. 그저 취직이란 두 글자 때문에 흥미도 없는, 그것도 아이를 가르치는 중요한 일을 할 수는 없었다. 교직을 이수한 여학생들도 마찬가지여서 교사 자격증은 땄지만, 교사가 된 사람은 없었다.

지방에서 상경한 아이 중에는 좋은 집안 출신이 많았다. 그녀들은 고향으로 돌아가서 맞선을 보고 결혼하거나, 부모 회사 일을 도왔다. 부모 연줄로 취직한 아이들도 계속 다닐 의지는 없어서 맞선을 봐서 결혼할 때까지 잠깐 다녔고, 회사도 그녀들은 2~3년 후에 퇴사할 거라 생각하고 입사를 시켰다.

그런 사회 구조에, 나는,

"그게 말이 되냐고!"

하고 화를 냈다. 부모의 연줄을 이용하는 아이들도 마음에 들지 않았고, 어차피 길게 다니지 않을 거라고 속단하는 회사들의 태도도 싫었다.

"이런 애들 때문에 평생 성실하게 일하려는 여자들이 피해를 보는 거야."

누구누구가 연줄로 대기업에 입사했다는 얘기를 들을 때마다 화가 났다. 2~3년이면 그만둘 거면서 성실한 학생 한 명의 장래를 빼앗은 것이다. 용기가 있다면 부모가 연줄로 보내준다 해도 단호히 거절하고 취업 전선에서 당당히 싸우라고 하고 싶었다.

한편, 카피라이터를 꿈꾸었던 나는 다이칸야마에 있는 재정이 괜찮은 광고회사에 어찌어찌 취직했다. 월급도 남녀 차이가 없고, 일도 똑같이 했다. 그러나 몸이 버티지 못해 반년 만에 퇴사했다. 서른 살까지 여섯 개의 회사를 전전하다, 마지막에 근무한 작은 출판사에서 6년 반 동안 있었다. 그 회사의 사장도 편집장도 내 결혼을 걱정해서,

"어쩌면 좋을까."

고민하고,

"아이 낳고도 계속 다녀도 돼."

하고 배려해 주었다. 회사에 남성은 기혼자 두 명, 그밖에 출입하는 사람은 도우미 학생뿐인 환경에서 남성을 만나기 쉽지 않을 거라고 생각했을지 모른다. 스물네 살부터 서른 살까지 이 회사에 다녔지만, 결혼을 생각한 적은 단 한 번도 없었다. 그보다 회사 허락을 받고 글쓰는 일을 시작해서, 회사 일을 병행하는 것도 벅찼다. 연애에 흥미를 가질 상황이 아니었다.

남자를 만나려면 밖으로 나가야 한다. 그러나 내 취미는 독서, 뜨개질 같이 집안에서 하는 것뿐이었고, 사람이 붐비는 곳을 질색해서 외출도 좋아하지 않았다.

"집에만 있으니 너무 따분해."

하고 휴일마다 외출하는 사람도 있지만, 나는 완전히 반대 스타일이었다. 게다가 술도 전혀 마시지 않아서 술집에서 결혼할 가능성이 있는 남성과 만날 계기도 없었다. 그리다 서른 살

이 되던 해에 나는 그 회사를 그만두고 전업 작가가 되었다.

서른 살까지는 내가 평생 먹고살 수 있는 일을 찾는 기간으로 정해 놓아서, 서른 살이 넘으면 그 일에 정착하려고 했다. 그 선택지에 프리랜서는 없었다. 수입이 불안정한 것은 너무 잘 알고 있어서 직장에 다니는 게 가장 좋다고 생각했다. 이런 상황인지라 연애나 결혼은 나중 문제였다. 먼저 경제적으로 자립할 수 있는 일을 찾는 게 우선이었다. 그후, 자립할 수 있는 일을 찾고 심리적, 경제적으로도 여유가 생겼을 때 문득 주위를 둘러보니 남자가 깨끗이 자취를 감추었더라는 얘기다.

동년배 남성들의 생각은 아직 진부했다. '여자는 결혼하면 집안에 들어앉아야 해', '100보 양보해서 아이가 태어날 때까지는 일해도 좋지만, 아이가 생기면 집안에 들어앉아야 해'. 이렇게 생각하는 사람이 많았다. 상대가 좀 괜찮네 싶다가도 그런 얘기를 들으면 물러날 수밖에 없었다. 만약 내가 결혼을 원했다면 마음에 드는 남자에게 내 생각을 열심히 설명하고 이해시켰을지도 모른다. 그러나 그러지 않은 것은 결혼에 열의가 없어서이리라.

청혼을 받은 적이 없는 건 아니나, 두 번 다 얼굴은 알지만 제대로 얘기해본 적도 없는 상대여서 당연히 교제도 하지 않

았고, 결혼하자고 해도,

"네에?"

하고 얘기는 그것으로 끝냈다.

"네에?"

라고 한 여성에게, 한 번 더 청혼할 마음은 들지 않았을 것이다.

지금도 일하면서 육아를 하는 게 힘들지만, 예전에는 더 힘들었다. 출산 후 일하는 여성을 돕는 사람은 대부분 친정어머니였다. 그러나 그런 도움을 줄 사람이 없는 경우는 일을 그만두고 집에 들어앉을 수밖에 없었다. 여성도 사회에 나가서 일을 하게 되고, 경제적으로 여유가 생겼다. 그러자 싱글맘이 화제에 오르게 되었다. 아이를 데리고 이혼하는 여성도 있지만, 남편은 필요 없지만 아이는 갖고 싶다는 사람도 많아졌다.

여성이 싱글맘이 되는 데는 다양한 이유가 있겠지만, 나는 절대로 될 수 없는 인생이었다. 내가 결혼에 흥미가 없는 이유는 남녀를 불문하고 동거인과 함께하는 생활이 어렵다는 것. 그리고 아이를 원하지 않는다는 것. 내게는 남자보다 아이가 더 어려웠다. 남성은 어른이라 얘기라도 해볼 수 있지만, 아이는 그렇지 않다. 아이가 있으면 내가 원하는 인생을 살기 어렵

결혼.. 안 하려구?

다고 생각했다.

내가 바라는 건 혼자서도 먹고살아갈 수 있는 일이었다. 남편이나 자식이 있는 가정이 아니었다. 그런 삶은 원하지 않았다. 내가 젊을 때는 대단히 배려해주는 회사가 아닌 한, 일을 한번 그만두면 복직이 불가능했다. 사회에서도 아이를 데리고 풀타임으로 일하는 여성을 이해해주지 않았다.

'불도저 스타일' 여성이라면 앞에 장벽이 있어도 팍팍 부수면서 나아가겠지만, 나처럼 '자전거 스타일'인 사람은 도로에 있는 큰 돌, 작은 돌을 다 피하고, 큰 벽이 있으면 지나가지 않는다. 내가 원하는 삶을 위해서는 결혼도 자식도 피해야 했다. 이것이 내게는 베스트였다.

전에 텔레비전에서 고등학생 미혼모에 대한 다큐멘터리를 보았다. 엄마가 진학을 희망하지만 아이를 키울 환경이 아니어서 갓 태어난 아이를 자식이 없는 부부에게 양자로 보내는 내용이었다. 양부모가 된 부부는 아직 젊었다. 아기가 집에 오자 사람이 이렇게도 기뻐할 수 있는가 싶을 정도로 몹시 기뻐했다. 그걸 보고 이렇게 기쁨을 받는 아기도, 이 부부도 행복해서 너무 다행이라고 진심으로 눈물을 흘렸다. 아이가 자랐을 때 사실을 전할지 어떨지는 그 가족의 문제일 것이다.

나는 자식을 원하지는 않았지만, 그렇다고 아이를 싫어하는 건 아니다. 아이가 힘들 때는 도와주고, 어린아이를 보고 귀엽다고 느끼기도 한다. 그러나 아이를 안고 싶다거나 만져보고 싶다는 생각은 들지 않는다. 동물 새끼라면 얼마든지 안아보고 싶고, 만져보고 싶지만 말이다. 내가 그런 얘기를 하면,

"자기 자식은 달라."

라고들 하지만, 내 자식이라면 중대한 책임이 있으니 더 무서운 거다. 아이를 가지면 사고방식이 달라진다고들 한다. 하지만 만약 달라지지 않는다면 태어난 아이가 불행해진다. 아이를 입양한 젊은 부부가,

"우리 아이를 만나고 싶어요."

하는 말을 듣고 정말 흐뭇했지만, 나는 남편은 없어도 자식은 갖고 싶다고 하는 유형은 아니다.

내가 결혼 적령기라고 불렸던, 지금으로부터 40년쯤 전에는 여성이 집에 있는 것이 당연했다. 지금은 세상의 개념, 남성의 의식, 환경 등이 당시보다 훨씬 나아졌지만, 결혼은 물론이고 아이가 태어나서 지원해주는 조직과 사람을 확보하지 못하면 여성이 일을 유지할 수 없는 건 마찬가지다.

프리랜서인 지인 중에 아이가 생겨서 결혼한 사람이 있다.

상대는 교제하던 사람이 아니라 거의 초면에 가까운 남성이었다. 미팅으로 만났는지 헌팅을 당했는지 자세한 얘기는 듣지 못했지만, 상대가 그녀보다 마음이 더 있었던 것 같다. 그녀는 자신이 처한 상황에 화를 냈다. 프리랜서로 가장 잘나가고 있을 때였고, 결혼에 임신까지는 생각도 못하고 있어서였는지 남성에게도 못되게 굴었지만, 아이가 생긴 원인을 만든 건 그녀의 판단이기도 해서 남편만 나무랄 수는 없었다.

얘기를 들어보니 남편이 된 남성은 아주 착한 사람이었다. 그는 그녀의 일에 이해심이 많았지만, 그녀는 현실적으로 일이 있어도 작업 현장에 아기를 데리고 가지 못해서 날마다 집안일과 육아에 쫓기고 있었다. 그러나 아이가 자랄수록 성실한 남편에게 사랑하는 마음도 생겨서 가정은 원만하게 굴러갔다. 그러나 한번 일에서 멀어지니, 전에는 일하느라 한 달이 다 갔는데 올해는 한 해에 두세 건밖에 일이 없었다.

한번 일을 거절하면, 일은 다음 후보에게 넘어간다. 두 번째도 거절하면 더는 일이 들어오지 않는다. 새로운 사람이 줄줄이 나오니 그렇게 된다. 능력 있는 사람이어서 안타까운 마음에 어떻게 하고 싶은지 물으면,

"복귀해서 일을 하고 싶다."

라고 했다가,

"일하는 시간이 불규칙해서 될 대로 되라 싶다."

라고 했다가, 마음이 흔들리는 것 같았다.

내 주변에도 일하면서 출산한 여성이 있다. 출산 후 육아를 도와줄 사람이 있느냐와 어린이집 문제는 큰일인 것 같다.

환갑이 지난 나는 혼활결혼을 위한 활동이 아니라 종활인생의 마무리를 위한 활동에 신경을 쓸 때가 됐다. 이제 와서 결혼 따위는 친구와의 화제에도 오르지 않거니와, 결혼하지 않았거나 아이가 없는 걸 후회한 적은 한번도 없다. 내게는 자식을 갖지 않는 이유가 있지만, 세상 사람들이 자식을 갖고 싶은 이유는 대체 무엇일까. 젊을 때 내 생각을 말하거나 쓰면,

"사람으로서 믿을 수 없다."

"여자가 그런 생각을 하다니."

등등의 소리를 들었다. 하지만 여자라고 모두 연애나 결혼에 관심과 동경을 가지고, 모두 아이를 갖고 싶다고 생각하는 건 아니다. 그러나 아이를 갖는 것은 큰 경험이고, 그로 인해 기쁨을 느낄 수 있는 건 틀림없다. 그러나 아이가 없는 사람도 아이가 없는 대신 다른 경험을 할 수 있는 법이다. 나는 우연히 새끼 고양이를 보호하게 되어 줄곧 함께 지내고 있지만, 사람을

키우는 데 비하면 몇백 분의 1밖에 힘이 들지 않을 텐데도 힘든데, 세상 부모들은 얼마나 힘들지 부모의 고생을 알 것 같았다.

당연히 결혼을 해야 한다, 결혼하면 당연히 아이를 낳아야 한다고들 하는데, 대체 그 당연함은 누가 만든 걸까. 아이를 갖고 싶지만 생기지 않는 부부도 있는데, 당연하다는 인식이 왠지 거북하다. 모두 세상이 만든 '당연함'인데 너무 신경쓴다. 가족은 부부와 아이가 있기에 그 형태가 유지되지만, 우리 부모처럼 허구한 날 험악한 분위기라면 해체하는 게 가족 모두의 정신건강을 위해서 좋다.

그리고 결혼하고 아이를 낳고 싶은 여성들은 안심하고 두 가지를 양립할 수 있어야 하고, 아이를 원하는 부부가 경제적 부담 때문에 아이를 갖지 못한다면 세금을 내는 의미가 없다. 나는 그 틀에서 벗어나 있지만, 하고 싶은 사람이 하고 싶은 대로 살아갈 수 있는 세상이 되길 바란다.

사람은 '한다, 하지 않는다'를 선택할 수 있다. 나는 옛날부터 들어온 여자의 행복, 즉 결혼해서 아이를 낳고, 늙으면 자식과 손자들이 부양해 주고, 그들이 지켜보는 가운데 저세상으로 여행을 떠나는 루트를 완전히 무시했다. 전부 하지 않고 살고 있다. 결혼은 번식의 근본이었지만, 지금은 그렇지 않다. 결혼을 하지 않는 사람도 있고, 결혼을 해도 아이를 낳지 않는 사람도 있다. 결혼해서 아이를 갖는 부부가 있듯이 갖지 않는 부부가 있는 것도 좋다. 결혼도 하지 않았고 아이도 없다고 하면,

"나이 먹으면 외로워."

하고 안됐다는 듯이 말하는 사람도 있다. 그렇다면 아이나 손자가 있는 사람은 모두 외롭지 않은 걸까. 자식이 있어야 어엿하게 한 사람 몫을 하는 거라고 하지만, 부모가 된 사람은 모두 훌륭한가. 최근 문제가 되고 있는 진상 아저씨, 아줌마, 노인들 대부분 자식이나 손자가 있는 사람들이지 않은가. 자식이 없어도 나름대로 다양한 경험을 할 수 있다. 자식이 없어서 어쩌고저쩌고하는 건 말이 안 된다.

자기 인생은 자기밖에 선택할 수 없으니 남이 뭐라 하건 법률에 저촉되지 않는 한, 하고 싶은 대로 하는 편이 좋다. 예스보다 '노'라고 말하기가 어렵지만, 100명의 사람이 있으면 100가지 삶의 방식이 있는 게 당연하다. 자신감을 갖고 세상의 기준에 '노'라고 할 수 있는 인생도 좋다고 생각한다.

그동안 미안했습니다

말

자기 주변의 모든 것과 싸워서 이기려는 게임 속의 히어로, 히로인 같은 사람이 있다. 하지만 나는 그렇지 않다. 나는 게임 속에 있긴 하지만, 전력에 전혀 도움이 되지 않는 캐릭터다. 어지간히 자신에게 자신이 있는 사람이 아니면 타인과 싸울 생각도 하지 않는다. 나는 스스로에게 자신감을 가진 적이 없다. 우리 집은 평범한 샐러리맨 가정도 아니었고, 장사를 하는 집도 아니었다. 아버지는 그림을 그리는 프리랜서로 아주 드문 소수파였다.

형제 중 막내였던 아버지는 부모 역할을 한 큰형이 시키는 대로 대학을 졸업하고 대기업에 근무했다. 하지만 이런 데 다니기 싫다고 바로 때려쳐서 화가 난 큰형이 의절했다. 당시에는 당시에는 좋은 회사에 취직하여 정년까지 다니는 게 바람직한 남자의 모습이었는데, 그림을 그리며 살겠다니 눈총을 받을 수밖에 없었을 것이다. 게다가 일이 많다면 몰라도 일도 없는 백수에 가까웠으니 정상적인 가정은 아니었다.

어린아이끼리도 정신적, 경제적으로 힘겨루기를 할 일이 있다. 남과 싸울 때는 같은 위치에 있지 않으면 싸움이 되지 않는다. 나는 애초에 다른 아이들과 같은 선에 있지 않았다. 하다못해 50미터 달리기도 같은 출발선에 서 있으면 경쟁할 수 있지만, 나는 혼자 트랙의 선을 긋는 처지였다. 애초에 상대와 싸우거나 경쟁하거나 뛰어넘거나, 하고 싶은 마음조차 들지 않았다. 그래서 싸우는 일이 없었다.

대여섯 살 때는 골목대장으로 군림했다. 내가 아이들의 우두머리였지만, 위에 있는 아이에게 도전하여 끌어내린 게 아니라, 결과적으로 그렇게 되었다. 싸움도 잘해서 남자아이들을 곧잘 울렸다. 마구잡이로 폭력을 휘두른 건 아니었다. 욕을 입에 달고 다니거나, 구질구질하게 불평만 하면서 자기보다 가난하거나 약한 아이를 괴롭히는 녀석들에게 그만두라고 타이르는 식이었다.

그러나 나보다 약한 아이를 울린 기억은 없다. 물론 여자아이를 때린 적도 없다. 내가 울린 아이들이 분하다며 부모에게 고자질해서 그 아이들 엄마가 집으로 씩씩거리며 찾아오기도 했다. 우리 부모는,

"여자한테 맞고 우는 놈이 못났지."

하고 쫓아내서 그 아이들의 엄마는 더 화를 냈다. 그러나 그 아이는 그후로도 우리가 노는 데 꼭 끼었다.

물론 언제나 그들이 나를 불쾌하게 한 것도 아니고, 나도 언제나 힘으로 해결한 건 아니어서 아이들과 사이좋게 잘 놀았다. 그러나 그 때문에 내가 잘났다거나 강하다고 느낀 적은 없었다. 아무리 말을 해도 그만두지 않으니 손을 대서 조용하게 만들었을 뿐이다. 그 아이들의 엄마는 하찮은 집 딸이 아들을 울려서 더 화가 났을 것이다.

만약 내게 남다른 자랑거리가 있었다면 나는 뛰어나다, 잘났다 하고 우월감을 가졌을지도 모른다. 집이 아주 부자인 아이는 부자인 걸 자랑하지만, 우리 집은 어림도 없었다. 공부를 아주 잘하거나 얼굴이 예쁘거나 달리기가 엄청나게 빠르거나 피아노를 잘 치면 아이들은 우쭐해한다. 그러나 나는 그 어느 것도 하지 못했다. 공부로는 국어와 음악, 가정 점수가 좋았다. 그

거 말고는 '중'이나 '중하'였다. 키도 작고 얼굴도 내세울 정도가 아니고, 달리기도 느렸다. 피아노는 좀 쳤지만 나보다 잘 치는 아이는 얼마든지 있었다. 도통 자랑할 만한 게 없었다.

그러나 우월감이 없는 대신 열등감도 없었다. 열등감이 용수철이 되어,

"두고 봐라."

하는 근성으로 세상에서 성공하는 사람도 있지만, 그럴 만한 열등감도 없었다. 어쨌든 어릴 때부터,

"뭐, 할 수 없지."

하고 흘려버렸다. 초등학생 때부터 백기를 드는 인생이어서 내가 싸움을 걸 마음은 애초에 없었다. 이런 내게 싸움을 거는 아이도 거의 없었다. 나를 이겨봐야 아무런 득도 없기 때문이다.

그러나 중학생이 됐을 때, 그런 내게도 시비를 거는 아이가 있었다. 그 아이는 머리도 좋고 달리기도 잘했다. 나는 초등학생 때부터 국어만은 90점 이하로 내려가 본 적이 없었다. 아무리 쓰기 싫은 독후감이라도 마지못해 내면 '참 잘했어요' 도장이 찍혀서 복도에 걸렸다. 그 아이는 그게 분했나보다. 국어 시험이 끝날 때마다 친하지도 않은 내게 와서,

"너 몇 점이야?"

하고 물었다.

"음, 난 92점."

점수를 보여주면 미간을 찌푸리고 얼른 자기 자리로 돌아갔다. 내 점수는 물어보면서 절대로 자기 점수는 말하지 않았다.

한번은 우리 대화를 듣고 있던 내 옆자리 남자아이가,

"네 점수를 안 알려주면 비겁하지."

하고 말했다가 주먹으로 맞았다. 남자아이는 머리를 감싸고 책상에 엎드려서 눈물 글썽거리는 눈으로 나를 보며 말했다.

"못됐어, 저 계집애, 못됐지."

나는 끄덕이면서

"원래 저래."

하고 작은 소리로 말했다. 그 아이는,

"아아~ 짜증 나~."

하고 중얼거리며 몇 번이고 머리를 흔들었다.

가끔 그녀의 점수가 1~2점 더 높기라도 하면,

"이겼다, 이겼다."

하고 좋아했다. 이기고 뭐고 난 아무런 경쟁도 하지 않았다. 어차피 전 과목에서 그녀의 성적이 훨씬 좋았다. 국어만 1등을 하지 못해서 나를 눈엣가시로 봤던 거다. 멋대로 나한테 도전해놓고선 이겼다고 멋대로 좋아하는 건 민폐였다.

국어 시간에 새로운 문장을 배울 때는 내가 한자漢字를 다 읽을 줄 안다는 이유로 선생님이 내게 제일 먼저 책 읽기를 시켰다. 그녀는 그것도 마음에 들지 않았는지, 부모에게 일렀던 모양이다. 학부모회에서 그녀의 어머니가,

"우리 야스코도 얼마나 책을 잘 읽는데요, 다음부터 우리 아이한테 읽기를 시켜주세요."

라고 해서 다른 학부모들이 깜짝 놀랐다는 얘기를 학부모회에 참석한 엄마한테 들었다. 내가 제일 먼저 국어책을 읽는다는 얘기도 굳이 자랑거리가 아니라서 엄마한테 말하지 않았다. 엄마는 그게 당신 딸을 비꼬아서 하는 말인지도 모르고, 그 대담한 어필에,

"대단하더라."

하고 기분 나빠하기보다 감탄했다.

중학교는 대체로 주변 초등학교 출신들이 모여 있으니 그녀도 그런 줄 알았다. 그런데 졸업을 앞두고서야 그녀가 중학교에 올라오면서 가족이 모두 상경했다는 이야기를 들었다. 지방에서 공부 잘하는 딸을 위해 부모가 애쓴 것이다. 그 말을 들

으니 지지 않겠다는 그 근성을 이해할 수 있을 것 같았다. 중학교 3학년 때 같은 반이 된 아이에게 들으니,

"나는 꼭 약사가 될 거야."

하고 선언했다고 한다. 나나 친구는,

"우와, 대단하다."

라고 했지만, 그럴 거라면 이과는 몰라도 국어 점수에 목숨을 걸지 않아도 되는 게 아닌가 생각했다. 이과에서 점수가 좋았던 남학생도 나 같은 경우를 당하고 곤혹스러워했다는 얘기도 들었다. 그녀는 각각 타깃을 정하여 그들보다 조금이라도 위에 올라가도록 혼자 고군분투했다.

이런 식으로 전부 '중' 혹은 '중하'로 살아온 나는 평균적인 것밖에 할 줄 모르고, 내가 할 줄 아는 건 누구나 할 줄 안다고 생각했다. 자랑할 만한 건 아무것도 없었다. 그 사실을 부끄럽거나 슬프게 생각한 적은 없다. 전부 평균이거나 혹은 그 이하여서 지극히 평범하게 살아가는 친구와 재미있는 얘기를 하고 깔깔 웃고 좋아하는 노래를 듣고 책을 읽으며 한가롭게 지내는 걸로 충분했다. 세상을 향해 뭔가를 발산하여 인정받고 싶다는 생각은 한 적도 없다. 「비에도 지지 않고미야자와 겐지의 시」에 나오는 사람처럼 '칭찬도 받지 않고 미움도 받지 않으며' 살

아가겠다고 생각했다.

어쨌든 자랑할 것이 없으니 나는 이 정도의 사람이라 생각하며 살아와서 회사 일도 처음에는 실수가 많았지만, 익숙해지자 그럭저럭하게 됐다. 특수한 기술이 필요한 일도 아니어서 자신감을 갖지는 못했다. 다만 일을 마무리하는 속도가 빨라서 그거 하나는 장점이라고 생각했다. 그러나 딱히 남들한테 자랑할 만한 건 아니었다. 다른 사람이 30분 걸려서 하는 일을 내가 10분 만에 다하면, 남은 시간에 다른 일을 해야 하니 회사원으로서는 훌륭하지도 뭣하지도 않은 얘기다. 일하는 시간의 장단長短은 있지만, 내가 하는 일은 누구나 할 수 있다고 생각했다.

이런 자세다보니 영세 출판사 아르바이트(실제로 아르바이트비는 거의 받지 않는 자원봉사에 가까웠다) 학생들이 편집이나 잡무를 도와줄 때, 어라, 하는 느낌을 받을 때가 몇 번 있었다. 이를테면 서점에 미리 연락을 해두고 직접 판매한 잡지 값을 받으러 보내면 그 대금을 다 받아오지 못했다. 받아오긴 해도 청구서 금액과 맞지 않았다.

청구서는 많아야 1만 엔 정도였다. 금액이 커서 실수할 만한 돈이 아니었다. 또 서점에서도 몇 번이나 확인해서 실수 없이 준비했을 테고, 우리도 영수증을 들려 보내서 눈앞에서 금액을 확인하도록 했다. 그런데 10엔, 100엔 단위의 돈이 맞지 않았다. 처음에 나는 이유를 모르니,

"어째서? 어디서 빠트린 거 아냐?"

하고 물었다. 그러나 그들은 그런 적이 없다고 했다. 돈을 잘못 받은 게 아닌지 물어도 제대로 받고 확인했다고 했다. 나는 바지 주머니에 구멍이 난 게 아니냐, 돈을 받을 때 떨어뜨린 게 아니냐, 이것저것 물어보았지만 전부 아니라고 했다. 그렇다면 '어째서 120엔 부족하냐'고 묻고 싶지만, 받아온 학생도 귀신에 홀린 것처럼 고개를 갸웃거렸다.

물론 그들이 도중에 돈을 삥땅쳤을 거라고는 생각하지 않았다. 그런 푼돈을 삥땅쳐봤자다. 그런데 현실은 금액이 맞지 않았다. 각각 다른 사람이었지만, 그런 일이 몇 번씩 생기니 영문을 알 수 없었다. 일단 사장에게 상황을 보고해서, 그가 자기 주머니의 동전으로 보충해주었지만, 사장도,

"어째서일까?"

하고 고개를 갸웃거렸다. 나도,

"글쎄요."

하고 마찬가지로 고개를 갸웃거릴 수밖에 없었다.

좀 더 부드럽게
말할걸 그랬나...
어째서?
아...
상처받았다—

이런 일 말고도 소포 발송을 부탁할 때, 상대방 주소와 전화번호를 써 주고, 부탁받은 학생도 지도에서 장소를 확인하고 나갔는데 전혀 관계없는 곳에 배달되는 바람에 상대방이 깜짝 놀라서 회사에 연락하기도 하는 등 별별 일이 일어났다. 믿을 수 없는 사건이 일어날 때마다 나는,

"어째서 이런 걸 못하지."

탄식하며 이렇게 말하고 말았다. 그것이 20대 후반의 내 솔직한 기분이었지만, 그 말이 그들을 상처 입히리라고는 생각하지 못했다.

그들은 내 부하직원 같은 입장이어서 지금으로 말하면 그 발언은 갑질과 마찬가지였을지도 모른다. 나는 그저 청구서와 같은 금액의 돈 받아오기, 지도에서 확인한 회사에 배달하기 같은 단순한 일을 틀리는 게 믿기지 않았다. 그냥 심부름 같은 일로 누구나 할 수 있다고 생각했다. 그러나 초, 중학생이라면 몰라도 나보다 훨씬 좋은 대학에 다니는 학생이 그걸 못했다. 나는 그들의 믿을 수 없는 행동에, 으응? 하고 놀랐다. 그들의 능력에 관해서가 아니라, 그런 일이 일어났다는 것에 놀랐다.

그 말을 들은 아르바이트생들은 자신의 능력을 부정당해 자존심도 상했을 것이다. 또 독자 엽서 10줄 정도의 문장을 5줄

로 짧게 요약하라고 해도 1장 쓰는 데 2~3시간이나 걸릴 정도로 도무지 진척이 없었다.

"어째서?"

의 연속이고,

"어째서 이런 일을……."

의 연발이었다.

나는 또 손재주가 필요한 일도 모두 연습만 하면 잘할 수 있다고 생각했다. 나는 어쩌면 손재주가 좋은 편일지도 모르겠다. 하지만 이것도 보통이라고 생각한다. 뛰어나게 좋은 편은 아니다. 나보다 훨씬 손재주 좋은 사람이 넘쳐난다. 그러나 기모노에 덧대는 장식용 깃은 내가 직접 단다. 바느질에 익숙해지면 누구나 할 수 있다고 생각했다.

그러나 실제로는 그렇지 않아서 익숙해져도 노력해도 안 되는 사람이 있다는 걸 안 것은 상당히 나중의 일이다. 그때 처음으로 나 같은 아주 평범한 사람이 예사로이 하는 일이라고 생각했던 것도 못하는 사람이 있다는 걸 알았다. 무언가를 못하는 건 하지 않아서이고 내가 할 줄 아니까 해보면 누구나 할 수 있다고 생각했다. 그러나 아무리 단순하고 간단한 일이어도 못하는 사람은 못했다.

"다들 할 줄 안다고 생각한 것을 못하는 사람도 있다."

라는 걸 깨닫고 나서,

"어째서 이렇게 못하는 거야?"

하고 생각하는 건 봉인했다. 역시 그것은 타인을 상처 입히는 말이었다. 나로서는 잘난 척할 생각이 아니라 '나 같은 사람이 할 줄 아는 것이니 너도 할 수 있을 텐데'라고 말할 생각이었지만, 상대가 받아들이는 의미는 마찬가지였다. 반성하는 반면, 마음속으로는,

"근데 어째서 그렇게 된 거지?"

하고 이유를 알고 싶은 마음이 있는 것도 사실이다.

그들은 의도적으로 실수를 한 것이 아니라 결과적으로 좋지 않은 결과가 되었다는 사실에 당혹스러웠을 것이다. 열심히 했는데 결과가 "?"였다면 설 자리가 없다. 상대가 그걸 못하는 사람이라면 다른 방향으로 얘기해야 했는데, 내가 미숙해서 상대방 얼굴을 향해 직구를 날려버렸다. 당시, 얼굴을 맞은 분들에게는 진심으로 사과드린다.

나는 회사에 근무하며 매일 많은 이를 만나는 사람이 아니라, 어디에도 소속되지 않은 프리랜서다. 후배도 없고 부하직원도 없다. 회사에서 윗사람 입장에 있는 사람들은 후배나 부하

직원의 성격을 고려해서 말을 골라야 한다. 최근에는 조금이라도 부정적인 말을 들으면 민감하게 반응하는 사람도 많아서 정말로 난감할 것이다. 말하는 사람도 표현을 조심해야 하겠지만, 스스로에게 예민한 사람도 가슴 철렁해지는 실수를 줄이고, 무언가를 알려주면 곡해하지 않고 들어주면 좋겠다.

우리 다이어트 좀 합시다

관계

어쩌면 나는 참 재수없는 인간이었을지도 모른다. 대학생 때, 음주가 가능한 스무 살이 되자 친구들은 수업이 끝나고 이자카야에서 술을 마시거나 미팅을 하는 게 예사였다. 그러나 나는 초저녁부터 밤까지 서점 아르바이트를 해서 그런 술자리에 거의 참석하지 못했다. 어쩌다 아르바이트를 쉬는 날에 참석할 수도 있었지만,

"하고 싶은 일이 있어."

하고 돌아왔다. 집에는 읽고 싶은 책이 쌓여 있고, 듣고 싶은 음반도 있었다. 내가 하고 싶은 일이 우선이었다.

회사에 다닐 때도 그랬다. 처음에 다닌 광고회사는 근무 시

간이 이른 아침부터 심야까지였다. 블랙기업과 맞먹는 격무에 시달려야 했지만, 덕분에 사원들 퇴근 시간이 각기 달라서 회식이 없었다. 영업부에서는 거래처마다 담당 그룹이 있어서 외근을 나가면 같은 그룹 사람과 커피숍에서 차를 마시며 노닥거린 적은 몇 번 있었다. 한 달에 한 번 정도 일찍 퇴근할 때는 동료와 밥을 먹으면서 회사 뒷담화를 실컷 하기도 했다. 그러나 그다음에 2차로 음주 장소로 이동할 때는 수면 시간 확보를 위해 사양했다.

작은 출판사에 다닐 때는 술자리에 거의 나가지 않았다. 아침 10시부터 6시까지 줄곧 사무실에 있었다. 은행 볼일이 있을 때만 밖에 나갔다. 잡무를 돕거나 책 배달을 하는 학생들에게는 시급을 지급하지 않는 대신 식사비를 대주었다. 그래도 괜찮다면 오세요, 하는 것이 회사 방침이었다. 많을 때는 6~7명이나 되어서 일이 끝나면 모두 식당으로 이동하는데, 나 혼자만,

"이만 실례하겠습니다."

하고 집으로 돌아왔다. 이유는 회사가 끝난 그때부터는 내 시간이기 때문이다. 모두와 함께 있는 게 싫은 건 아니었다. 학생들 이야기를 듣고 있으면 즐겁고 재미있지만, 일이 끝나면 바

로 집으로 돌아가서 책을 읽거나 뜨개질을 하거나 좋아하는 일을 하고 싶었다. 술을 마시지 못해서 술자리에 전연 흥미가 없었을지도 모른다.

술을 좋아하는 사람은 만사 제쳐 놓고 술자리가 우선이겠지만, 내게는 그게 관심사가 아니었다. 마음에도 없는 술자리에 끼어서 시간을 신경쓰는 게 오히려 즐겁게 술 마시는 사람들에 대한 실례라고 생각해서 '나는 그냥 갈게요' 방식을 택했다. 상사가 아무도 없을 때 회사에 학생이 몇 명 있으면 제일 연장자에게 돈을 건네고,

"이걸로 애들 데리고 가."

부탁하고 나는 평소처럼 퇴근했다. 회식에 참가하면 내 저녁값은 굳을지도 모르지만, 그보다 내 시간이 훨씬 중요했다.

한참 전이지만, 30대 중반인 여성에게 상담을 받은 적이 있다. 독신인 그녀는 회사에서 돌아오는 길에 사내 친구와 종종 저녁을 먹는다. 처음에는 회사 욕을 하기도 하고 업무상 고민을 의논하기도 하고 나름대로 즐거웠지만, 최근에 그게 싫어졌다고 한다.

"처음에는 다른 사람의 사적인 이야기에 흥미가 있어서 듣고 있었지만, 그러다 나도 포함해서 모두의 고민이 맨날 돌고, 돌

고, 만나서 얘기를 해봐야 아무런 타개책도 되지 않는다는 걸 알았어요. 그저 습관적으로 만나서 늘어지게 얘기하고, 먹고 마시고, 밤늦게 돌아와서 수면 시간은 부족하고. 얼굴은 푸석해지고 집안일은 쌓이고 하고 싶은 일은 못 하고, 정말로 난감해요."

나는 끄덕끄덕 얘기를 들으면서 애초에 그런 수다는 그냥 입으로 내뱉어서 발산하는 것일 뿐 진지한 타개책 같은 건 찾을 수 없다고 했다.

"그렇지만 상담을 받았으니까 일단 조언을 해주면 상대는 '아, 그러네, 알겠어'라고 해요. 그걸로 결론이 났나 싶으면, 좀 있다가 또 같은 말을 꺼내고. 그 얘기 아까 끝난 거 아니야? 싶지만, 그걸 지적하기도 그렇고. 다른 사람이 지적하면 '너무 고민이어서'라고 해요."

"하지만 갈등하는 것은 그 사람 문제이니, 모두에게 조언을 구해도 어쩔 수가 없네."

"네, 그래서 쳇바퀴 돌듯해요."

"모인 사람 중에는 '언제까지나 같은 말을 되풀이해 봐야 소용없어. 우리는 그 문제에 관한 조언은 하겠지만, 그다음은 네가 생각해'라고 말하는 사람은 없는 거야?"

성인이니까
그 정도는 자신이
알아서 해야죠…
놓을 수가 없어요~
이제 유행인걸요~
다들 이럴걸요~
말처럼 쉽지 않아요~

물었더니, 그런 말을 어떻게 하냐고 한다.

"그렇지만 그 정도는 말해도 되지 않나."

"으음, 그 사람이 상처 입을 것 같아서 말하지 못하겠어요."

당신은 어떻게 하고 싶냐고 물었더니 만나자는 청을 거절하고 돌아가고 싶지만, 어떻게 말해야 좋을지 모르겠다고 한다.

"그런 건 간단해. 만나자고 하면 '오늘은 하고 싶은 일이 있어서 그냥 갈게' 하면 그걸로 끝이지."

"네에? 무리예요."

그녀 말로는 만약 그렇게 말하면 '하고 싶은 일'이 무엇인지, 그게 우리가 만나는 것보다 중요한 일인지 따질 게 뻔하다는 것이다. 만에 하나 그냥 돌아갔다고 해도 비사교적이다, 대체 무슨 짓이냐, 하고 자기 욕을 할 게 뻔하단다. 그게 싫은 것이다. 남이 하고 싶은 일을 못 하게 하다니 그런 건 친구도 뭣도 아니지 않냐고 했더니, 그녀는 잠시 생각하다,

"그래도 친구예요."

하고 조그맣게 말했다. 만약 다른 사람이

"하고 싶은 일이 있으니 그냥 갈게."

라고 한다면 당신은 어떻게 생각하겠냐고 물었다.

"역시 우리 모임보다 중요한 일이 뭘까 하고 추측할 것 같아

요. 남자친구가 생긴 게 아닌가 의심하기도 하고."

라고 했다.

"아, 귀찮아!"

그리고 나는 한 번 더

"귀찮아!"

하고 분명히 그녀에게 말했다. 이것은 마치 초등학교 여자아이들이 화장실 갈 때마다 딱 붙어서 쪼르르 같이 가는 것처럼 이상한 파벌 아닌가. 상식이 없는 일이나 타인에게 폐를 끼치는 거라면 몰라도, 다들 모일 때 나는 하고 싶은 일이 있으니 참가하지 않겠다고 말하는 것조차 허락되지 않다니, 대체 무슨 인간관계인지 이해할 수 없다.

자기가 하고 싶은 일에 하고 싶지 않은 사람을 끼워넣으려 하다니, 기본적으로 그런 관계라면 친구가 아니다. 그녀는 친구라고 했지만,

"그건 착각이야."

라고 할 수밖에 없었다. 하고 싶은 일이 있어서 그냥 가겠다고 할 때,

"아, 그래. 그럼 다음에 또 보자."

하고 말해 주는 것이 친구 아닌가. 그걸 뒷담화하다니 이상

한 거 아니냐고 어이없어했더니 그녀는,

"그렇긴 하네요."

라고 했다. 어쩌면 자기도 남한테 그런 말을 들었을 때, 우리 모임보다 중요한 게 뭘까, 자신들을 무시하는 이유가 뭘까를 생각하기 때문에 다른 사람한테도 말하지 못하는 게 아닐까. 스스로가 그런 식으로 생각하지 않는다면 그렇게 고민하지 않을 텐데. 어떤가 물어보았더니 그녀는 잠자코 있었다.

"의외로 아, 그래, 하고 말지도 몰라."

그녀는 한참 생각하더니,

"그렇지만 그렇게 간단히 말하면 나는 모두에게 중요하지 않은 사람이구나, 있으나 없으나 마찬가지인 사람이구나, 생각할 것 같아요."

하고 조그맣게 말했다.

"응?"

그녀는 친구가 가지 말라고 몇 번이고 붙드는 것이 기쁘다고 한다.

"저기, 당신들 엄청나게 귀찮아!"

나는 두 손 두 발 다 들었다. 그녀의 친구들 모두 적어도 이런 생각을 갖고 있으니 무리 속에서 똑같은 얘기를 반복하며 돌고 돌 것이다. 누군가가 그걸 끊으면 새로운 전개가 되겠지만, 다들 마음씨 착한 사람들이어서 이런저런 불평을 하면서도 그대로인 거다.

회사뿐만 아니라 학부모 친구 사이에서도 같은 문제가 생긴다고 들었다. 전업주부인 사람은 해야 할 집안일이 많으니 되도록 빨리 집에 돌아가고 싶은데,

"다들 어쩌나 끝도 없이 수다를 떠는지 집에 갈 수가 없는 거예요."

라고 했다. 그 자리에 없는 학부모의 옷 입는 센스가 어떻다는 둥, 누구 남편은 월급이 많은 것 같다는 둥 아무 쓸데없는 이야기를 하염없이 하고 있더란다. 그 무리에는 주도권을 쥔 우두머리 같은 존재가 있어서 그 사람이 한마디 하면 다른 엄마들이 우르르 추종하는 분위기 같았다.

우두머리인 그녀가,

"유치원에 아이 마중 가는데 그런 옷을 입다니 너무 이상해."

하고 얼굴을 찡그리면 다들 얼굴을 마주 보며,

"맞아, 맞아."

하고 동조한다.

"그렇지 않다고, 각자 취향대로 입는 거 아니냐고, 반론하는

사람은 없어?"

"생각하는 사람도 있지만, 거기서 말하면 분위기가 나빠지니까 나중에 말해요."

"나중이라니?"

"그 우두머리 엄마가 없을 때 다들 그녀 뒷담화를 해요."

"아, 과연."

내게 얘기해 준 그녀는 이런 쓸모없는 시간 보내는 것이 지긋지긋해서 우두머리의 호령 아래 일동이 패밀리 레스토랑에 갔을 때,

"그럼 난 갈게요. 안녕."

하고 돌아가려고 했다. 그러자 우두머리가,

"잠깐! 왜? 왜 가려고?"

하고 화를 냈다. 시부모님이 오신다고 거짓말을 했더니 우두머리는 불쾌한 듯이,

"그럼 할 수 없지."

하고 '허락'해주었다고 한다. 내가,

"허락해주다니 무슨 말이야. 우두머리는 같은 유치원 엄마잖아. 어째서 그렇게 권력을 쥐고 있는 거야?"

화를 냈더니, 어느샌가 그런 관계가 돼버렸다고 한다. 그리고

그녀는,

“시부모님 오신다는 거짓말은 벌써 해버려서 다음에는 뭐라고 거절해야 할지 모르겠어요.”

하고 고민했다. 시부모님이 오신다고 자주 말하면 의심받을 테고, 돌아가셨다고 하는 건 한 사람당 한 번밖에 사용할 수 없고, 아프다고 하는 것도 몇 번씩 써먹을 수 없다.

“어떻게 하면 좋을까요.”

하고 물어서 나는,

“그러니까 이유를 말하지 말고 볼일이 있어서 간다고 하면 되잖아. 어째서 그런 우두머리한테 굽실대는지 이해가 안 가네.”

라고 했다. 그후, 그녀는 결심을 하고 쓸모없는 학부모 친구 모임을 끊고 우두머리가 뭐라고 해도,

“볼일이 있어서 그냥 갈게요.”

를 관철했더니, 이윽고 아무 말도 하지 않게 됐다고 한다.

“맞아, 그런 거야. 어린아이 키우기도 힘든데, 그렇게 쓸데없는 모임에 참가하는 사람들 그리 한가한가 싶어서 놀란다니까.”

그렇게 말하면서도 어쨌든 잘됐네, 라고 생각했더니 다음에 만나자,

"요즘 엄마들 사이에 서로 집에 놀러가는 게 유행이어서요."

라고 했다. 놀러오라고 해서 애를 데리고 놀러 가면 차와 케이크를 내주고, 집도 깨끗이 정돈되어 있다.

"놀러가기만 할 수도 없잖아요. 그래서 우리 집에도 불렀지만, 그 준비를 하는 게 여간 귀찮은 게 아니네요."

"그 집도 평소에 어질러놓았던 것을 사람들이 올 때마다 다른 방에 때려 넣었을지도 몰라."

"그럴지도 모르지만, 그 사람네 집은 넓어서요. 우리 집은 좁아서 어질러진 것을 감출 곳이 없어요."

나도 옛날에는 집에 사람을 불렀지만, 고양이를 키운 뒤로는 이 아이가 바로 숨어버려서 스트레스를 주는 것 같아 손님을 부르지 않는다. 그랬더니 남의 눈을 의식하지 않게 돼서 이내 집이 난잡해진 느낌이다. 가끔은 손님을 초대하는 편이 자신을 위해서도 좋을지 모르지만, 부담스러운 교제를 계속하면 괴로울 것이다.

어째서 다들 마음을 솔직하게 말하지 못하는 걸까. 미안하다고 생각한다면 그대로 전하면 되지 않은가. 그래도 몰라주거나 험담하는 사람은 친구가 아니다. 남이 자신을 어떻게 생각하는지 누구나 신경쓰이겠지만, 그건 자신이 행동을 일으킨 결과에 대해서이지 상대가 자신을 어떻게 생각할지 예측해서 행동을 결정하는 건 웃기지 않습니까 하고 묻고 싶다. 욕을 먹지 않기 위해, 미움받지 않기 위해 마음에도 없는 행동, 발언을 할 필요가 있을까.

한번 말하고 나면 다음부터 편해질 텐데, 그 한 걸음을 내딛는 게 어려울 것이다. 최근에는 '라인'으로 공격을 하는 사람도 많다고 들었다. 원만하게 받아넘길 기술도 필요할지 모르겠다. 내게는 그런 압력을 가하고 내 행동을 제한하는 친구는 없어서 경험해본 해결법은 말할 수 없지만, 줄곧 마음에 남아 있는 말이 있다. 몇십 년 전에 책에서 읽었는데, 어떤 고명한 작가가 한 얘기다.

"나는 들어온 의뢰를 전부 받을 수는 없지만, 실례가 되지 않도록 거절할 수는 있다."

이 말은 일을 할 때도, 사생활에서도 내게 중요한 말이 되었다.

하지도 못할 일을 꾸역꾸역 일을 맡으면 언젠가는 자멸하는 것은 불 보듯 뻔하다. 실례가 되지 않도록 거절하는 방법은 사람마다 다를 것이다. 그렇게 하지 못하면 아무리 시간이 지나도 남의 페이스에 말려들어서 자신의 시간도 빼앗기고, 결과는 엉망이 될 따름이다. 뒷담화를 하면서도 내키지 않는 교제를 계속하는 사람은 자기 나름대로 '실례가 되지 않도록 거절하는' 법을 생각하지 않았고, 생각하려고도 하지 않는다. 타인이 시키는 대로 움직이면 아무것도 생각하지 않아도 된다. 그게 아무렇지도 않은 사람이라면 좋겠지만, 그렇지 않으니까 자기 머리로 생각해야 한다. 어른이니까 그 정도는 자신이 알아서 하라고, 못하겠다면 그냥 그런 관계 속에 있으면 되지 않냐고 말해주고 싶다.

아무리 해도 적당히가 안 돼

뒤로 미루기

내가 가장 매력을 느끼고 가장 두려워하는 말은 '뒤로 미루기'다. 뒤로 미루기만큼 금방 마음에 여유를 가져다주고, 나중에 큰코다치게 하는 무서운 말은 없을 것이다.

지금까지 얼마나 많은 일을 뒤로 미루었다가 큰코다쳤던가. 원래 나는 깔끔하게 일을 처리하는 데 서툴고 덤벙대는 스타일이다. 직장에 다닐 때부터 회사 일은 제대로 하지 않으면 동료에게 피해를 끼치니 나름대로 우선순위를 두어 처리했지만, 사적인 일은 늘 미적거렸다. 소지품 정리는 소지품이 적어서 정리정돈을 못 해도 별문제는 없었다. 많이 있는 건 책 정도다. 그것도 대형 책장에 가로세로로 다 끼워넣고 바닥에만 두지 않으면 나름대로 방은 정돈되어 보였다.

그러나 지금은 조금만 방심하면 종이 관련 물건들, 즉 우편물, 서류, 편지, 잡지, 영수증 등이 바로 쌓인다. 우편물은 거의 매일 온다. 출판계약서와 일부 서류는 일본문예가협회에 위탁했고, 그 외의 서류는 발행명세서, 입금명세서 등이 매일같이 도착한다. 편지는 일주일에 서너 통, 잡지는 주간지, 게재지, 각 출판사에서 보내주는 잡지가 한 달에 25권 이상이다. 1년 동안 잡지만 300권이 넘고, 게다가 내가 보고 싶어서 사는 잡지도 있으니 그걸 방치하면 금세 방이 책으로 넘쳐난다.

그래서 종이류는 뒤로 미루지 않고 그날 안에 처리한다. 잡지도 읽고 싶은 기사만 스크랩하고, 일주일분씩 묶어서 재활용 쓰레기로 버린다. 계약서, 허락서 등도 그때마다 사인이나 인감을 찍어서 반송한다. 입금명세서, 영수증도 세무사에게 주어야 하므로 매일 영수증을 파일에 붙이고, 명세서는 클립으로 묶어둔다. 그래도 현재 식탁 겸 작업 책상 위는 어수선하다. 사전, 일하다 보는 책, 소설 테마 등을 메모한 노트 등을 올려두고 있지만, 그냥 올려둔 채로 있다는 게 큰 문제다. 서류 정리에 지쳐서 책상 위 물건을 일이 끝난 뒤에 원래 자리로 돌려놓지 못하고 뒤로 미루고 있다. 솔직히 말하면 뒤로 미룬다기보다 손도 대지 않는다.

좀더 사용하기 쉬워야 한다고는 생각하지만, 최근에는 일에 쫓겨서 그럴 여유가 없다. 여유가 있어도 하지 않으니 나한테 질릴 따름이다. 다만 바쁘다는 이유를 댈 수 있으니 죄책감은 덜하다.

"보자, 어, 그게 어디 있더라."

하고 찾는 시간이 아까워서 필요한 문구류, 사전, 책은 눈앞에 둔다. 그러면 찾는 수고를 덜으니 시간은 확실히 단축된다. 그러나 확실히 너저분해진다. 그걸 볼 때마다,

"아아, 어째 좀 해야 할 텐데."

하고 반성하지만, 손을 뻗치면 언제라도 집을 수 있는 상태를 포기하기 어렵다.

손님이 오면 황급히 책상 위 물건을 상자에 모두 담아서 침실에 갖다둔다. 깨끗해진 책상을 보면 역시 이렇게 하는 게 좋구나 생각하지만, 조금씩 상자 속에서 필요한 것을 꺼내 책상에 늘어놓는 사이, 상자는 비고 책상 위는 원래대로 물건으로 가득해진다.

그래도 해마다 나이를 먹으니까 이쪽도 조금씩 줄여야 한다. 20년 전에 문구 정리용으로 주문 제작한 서랍이 편지지, 봉투,

엽서, 카드 같은 것들로 다 채워졌다. 다른 문구도 넣도록 서랍도 정리해야 한다. 이제 하지 않으면 안 된다. 이것만 정리하면 책상 위의 문구는 전부 수납할 수 있을 테니 뒤로 미루지 말고 실행해야겠다.

뒤로 미루기는 당장은 시간을 만들어 주지만, 시간은 영원하지 않다. 10시간밖에 없는데 20가지 일을 해야 한다고 치자. 그럼 1시간에 2가지 작업을 하면 제대로 끝나겠지만, 뒤로 미룬 탓에 2시간에 3가지밖에 못 했다면 나머지 8시간 동안 17가지를 해야 한다. 미룰 때는 할 수 있다고 생각하지만, 절대로 8시간 동안에는 할 수 없다. 그후에 쏟아진 일이 또 새로운 20가지 일과 연결되니까, 시간이 지날수록 점점 바빠진다. 그래서 어느 시점부터는 1시간에 5~6가지씩 해결해야 하니 체력의 한계를 넘어 녹초가 된다. 그래서 또 의욕을 잃고 해야 하는 일이 늘어나는 슬픈 일이 무한반복된다.

서류, 잡지만은 매일 처리하지만, 식탁은 여전히 깨끗한 상태와는 거리가 머니 한심하다. 예전에는 택배상자까지 모아서 난리도 아니었지만, 이것도 주말마다 재활용 쓰레기로 버리는 습관이 생겨서 문제가 없어졌다. 얼마나 습관이 되는가가 포인트일 것이다.

그때그때 특집 기사에 따라 사는 잡지가 있는데, 집안일을 마법처럼 훌륭하게 해내는 주부들의 기사를 읽을 때마다 놀랐다. 가족이 있어서 살림이 적지 않은데, 깔끔하게 잘 정돈되어 있다. 어쩜 이렇게 집안 구석구석 정리 정돈을 잘해 놓았을까 읽어보니, 그날 할 일을 학교 시간표처럼 짜서 체크하고 있었다. 청소, 장보기, 정리정돈 등. 장보기도 가족이 얼마만큼 먹을지 파악한 뒤 장을 보고 밑 준비를 해 둔다. 냉장고에 무엇이 있는지 문을 열지 않고도 전부 파악하고 있다. 청소도 사용하기 편한 청소도구를 직접 만들기도 하고 효율성 있게 청소 순서를 정해서 날마다 스케줄을 소화한다.

처음에 그걸 읽었을 때, 나는 절대로 못한다고, 그런 건 집안일을 특별히 좋아하는 사람이나 할 수 있다고 생각했다. 그런데 이런 슈퍼 주부가 집안일 하는 걸 보니, 이것이 가장 효율이 좋은 게 아닐까 생각하게 되었다. 그녀들에게는 '뒤로 미루기'라는 게 없었다. 몸이 안 좋을 때도 있을 테고 이런저런 사정으로 다하지 못할 때도 있을지 모르지만, 뒤로 미루는 부분은 아주 조금이어서 얼마든지 수정이 가능했다. 해야 할 일 대부분을 뒤로 미루는 나 같은 사람과는 완전히 다르다.

그중에서 나는 도저히 못 하겠다고 생각한 것은 저녁식사

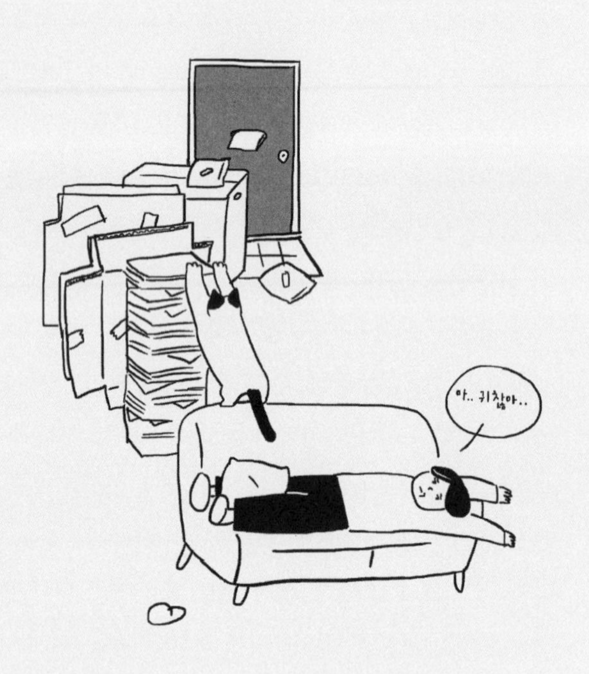
아.. 귀찮아..

설거지를 마친 뒤, 싱크대 물기까지 싹 닦아내고 부엌 바닥까지 닦는 것이었다. 나는 혼자 살아서 씻을 그릇도 조리도구도 가족이 있는 사람에 비하면 몇 분의 1밖에 안 된다. 그러나 저녁을 먹고 난 뒤 그릇과 조리 도구는 씻지만, 싱크대 물기까지 닦아내는 꼼꼼함은 없다. 주방 바닥에는 매트를 깔아놓지 않아서 물이 튀면 그때마다 일회용 천으로 닦는다(조리 중이어서 손이 아니라 발을 사용한다). 매일 하루의 마지막에 바닥을 걸레로 닦다니 도저히는 아니지만 무리다. 조리도구나 그릇을 다 씻은 시점에서,

"아, 힘들어. 쉬고 싶어."

하는 기분이 폭발해서 거실 소파로 도망친다. 거기서 좀더 힘을 내어 싱크대와 바닥을 닦으면 우리 집 주방은 반짝거리겠지. 그러나 그걸 못하겠다. 누군가가 더 힘을 내는 방법을 가르쳐 주었으면 좋겠다.

내가 종이류 처리 이외에 유일하게 습관화한 것은 주인이 맨션 욕실을 리폼해 주어서 욕실에서 나오기 전에 욕실의 물기를 닦아내는 것뿐이다. 이것은 계속하고 있다. 나는 해야만 하는 일의 극히 일부만 습관화하고 있지만, 귀찮다거나 하기 싫다고 생각할 틈도 없이 당연하게 몸이 움직이게 되려면 어떻게

해야 좋을까. 상상이 되지 않는다.

헌옷 처분도 뒤로 미루는 경우가 많다. 어느 정도까지는 휙 휙 버리지만, 거기에서 더 줄이는 것이 힘들다. 흔히 다이어트 할 때 1킬로그램 더 빼는 것이 힘들다고 하는데, 그것과 비슷한 느낌이다. 기세를 몰아서 쫙 빼고 잠시 한숨 돌리는 순간, 해냈다는 만족감에 아직 더 빼야 한다는 사명감이 어딘가로 가 버린다.

이만큼 줄였으니 좀 쉬엄쉬엄해야지, 하고 뒤로 미루면 끝이다. 줄이고 싶지 않아진다. 내 경험상, 뒤로 미루면 일단 줄이긴 했으니 그걸로 됐지 않나 생각하게 된다. 그러나 처음에 옷을 보았을 때의 마음으로 처분하는 게 중요하다. 이것저것 물건을 처분해본 결과, 나는 옷 처분을 가장 잘하는 것 같다. 거의 출퇴근할 일도 없고 집에 있는 데다 나이 탓도 있을지 모른다.

뒤로 미루지 않으면 나중에 자신이 편해진다는 건 너무 잘 알고 있으면서, 아무리 시간이 지나도 그게 안 된다. 지금까지 아무 생각 없이 하던 일을 의식적으로 바꾸거나 새로운 습관을 들이는 것은 꽤 힘든 일이다. 싱크대 닦기도 굳게 결심하고 이틀 연속 해보았지만, 3일째에 결국 귀찮아서 그만두었다. 일주일에 한 번씩 한꺼번에 후다닥 닦는다. 그러나 이것조

차,

"아, 귀찮아."

하고 투덜거리면서 하니 알 만하다.

하고 싶지 않을 때 억지로 하면 스트레스가 쌓이니 하고 싶을 때 하려고 뒤로 미루기. 이따금 불쑥 하고 싶어질 때, 한꺼번에 하면 생각보다 힘들어서 푹 퍼진다. 그때그때 하면 아무 문제도 없을 텐데, 그걸 못하는 사람은 어떻게 해야 좋을까. 다 뒤로 미루는 건 아니니까 그나마 괜찮지 않나 생각하기도 하지만, 적어도 나중에

"아, 귀찮아."

하고 자신한테 불평하지 않아도 될 정도만 뒤로 미루자고 다짐한다.

그래도 이정도면 나쁘지 않잖아?

나만은 괜찮다는 생각

갑작스러운 '비데 분수 소동' 후 물건 재고에 관해서 생각했지만, 그보다 훨씬 머리에 남아 있는 것은 위기관리였다. 생명이 위험한 상황의 위기관리는 생각해본 적 있지만, 집안에서 일어나는 사소한, 그러나 일어나면 절대 사소하지 않은 문제는 어떻게 대응할지, 일단 내 실수이긴 했지만 새삼스럽게 생각해 볼 좋은 기회가 되었다.

이 비데 분수 사건을 여기저기 지인에게 얘기했더니, 의외로,

"나도 그런 적 있어."

하는 사람이 많았다. 대부분 단독주택에 살아서 남한테 폐를 끼치진 않았지만, 현실로 닥쳤을 때 일단 무슨 일이 일어났

는지 파악하지 못하고, 그다음에 아연하고, 그다음에 안절부절 못하는 것은 나와 같았다. 어떤 사람은 빨래를 하지도 않는데 드럼세탁건조기 바닥에서 물이 샜다고 한다. 밤에 자고 있는데 철철 하는 물소리가 들려왔다. 가족은 일어날 기척도 없고, 그녀는 침대에서 졸면서,

'물소리가 나네, 어디서 나는 거지.'

생각했지만, 졸려서 그냥 자려고 했다. 그러나 아무래도 신경이 쓰여서 소리를 더듬어 가니, 세탁기 방수받침대를 넘어서 바닥에 물이 흘러나오고 있었다. 잠이 싹 달아난 그녀가 온 집의 바스타월을 다 꺼내서 물을 빨아들이는 사이에 물은 멈추었지만, 주위 마룻바닥은 물에 잠겨서 뒤처리하느라 고생했다고 한다.

"물이 샐 때를 대비해서 자기융착테이프를 사다두는 게 좋아. 그걸로 물이 새는 곳을 둘둘 감아 놓으면 되니까."

자기융착테이프라니, 그런 철학적인 이름의 테이프가 세상에 존재하는 것을 처음 알았다. 게다가 누수 대책에 좋다니 이름과 용도의 차이가 엄청나네 생각하면서도 우리 동네에서는 보이지 않아서 아직 사지 못했다.

옛날 가전제품은 한번 사면 최소 10여 년은 사용할 수 있어

서 가전제품을 자주 바꾼다는 의식이 내게는 없었다. 어린 시절에 부모님이 구입한 세탁기, 텔레비전도 10년 이상은 거뜬히 사용했다. 세탁할 때 쿵쾅거려도, 텔레비전이 이상하게 나와도 탁탁 치면 고쳐져서 완전히 움직이지 않게 되어야 새로 샀다. 아직 움직이는데 새로 사는 집은 없었다.

그러나 지금은 정말인지 어떤지 모르겠지만, 내구 연수가 아주 짧아서 몇 번이고 바꾸게끔 만들었다고 하니, 끝까지 사용하면 오히려 문제가 생긴다. 우리 집 비데도 본체 수명이 이미 다했는데 계속 사용한 게 화근이었다. 확실히 팩스도 그렇고 청소기도 그렇고 세탁기도 그렇고, 가격은 옛날에 비해 떨어졌지만, 어딘가 싸보인다. 특히 팩스는 너무나 간단하게 만들어서 이런 걸로 소중한 원고를 보낼 수 있을까 불안할 정도다.

옛날에는 보증기간이 5년, 10년이었는데, 지금은 1년, 2년으로 아주 짧다. 요컨대 그 이후는 무슨 일이 일어날지 모른다는 말이다. 내구소비재였던 가전이 일회용에 가까운 상태가 되었다. 아깝다고는 생각하지만, 그것이 결국은 안전으로 이어질지도 모른다.

이번에는 운 좋게 주위 사람들이 도와준 덕분에 대처할 수 있었지만, 좀처럼 패닉에 빠지지 않는 성격인 나조차 허둥거렸다. 만약 패닉에 빠지기 쉬운 성격의 사람이라면 어떻게 됐을까. 곤란한 일이 생기면 무엇이든 119에 전화하는 사람이 있다는 뉴스를 보았을 때,

"대체 무슨 생각을 하는 거야."

하고 분개했지만, 만약 같은 일이 일어났을 때 주위에 도움을 청할 사람이 없다면 분출하는 물을 보고 119에 전화할지도 모른다. 긴급상황 이외에는 절대로 해선 안 될 일이지만, 인제 그런 사람들 심정을 아주 조금 이해할 수 있을 것 같았다.

위기관리 시뮬레이션을 해보지 않으면 당황하여 허둥대기만 할 수 있다는 걸 깊이 깨달았다. 한번 머릿속으로 시뮬레이션을 하고, 이런 경우에는 이렇게 대처하겠다고 생각해두면 당황하지 않고 대처할 수 있을 것 같다. 누수만이 아니다. 생각해보니, 집안은 위험투성이다. 먼저 불이 났을 때, 정말로 작은 불은 소화기가 설치되어 있으니 그걸 사용한다.

지인이 드라이기를 쓰는데 불이 났다는 얘길 듣고, 오래 사용한 드라이기를 새것으로 바꾸었다. 만약 불이 나서 숏커트한 내 머리칼에 붙기라도 한다면 바로 물을 적셔서 어떻게든 수습할 수 있을지 모른다. 그러나 머리칼이 짧아서 머릿밑에 화상을 입을 위험도 있다. 머리칼이 짧아서 수건으로 말려도 되지

만, 드라이어를 사용하려면 아직 사용할 수 있을 때 바꾸는 편이 좋다.

그밖에 실내에서 고작 1~2센티미터짜리 문턱에 걸려서 넘어진다거나 큰 지진도 아닌데 흔들려서 오래된 선반 문이 열리는 바람에 그 위에 올려둔 휴지상자가 떨어졌다거나, 욕실에서 엎어져서 허리를 삐끗했다거나 하는 다양한 사례를 들었다. 젊은 사람은 엎어질 일이 없겠지만, 나 같은 나이에는 누구에게나 일어날 수 있다. 자칫하면 입원할 일이 생길지도 모른다.

내 경우에는, 이것도 화장실 관련 얘기지만, 한참 전에 변좌 청소를 하다가 변좌 뚜껑이 미간에 떨어진 적이 있다. 다행히 상처도 내출혈도 없었다. 나는 빨래는 실내에서 소형건조대에 널어서 베란다에 있는 건조대로 갖고 간다. 조금이라도 자외선을 피하기 위해서다. 한번은 평판이 좋아서 산 금속제 소형건조대를 문틀 위에 걸고 위를 보면서 팬티를 너는데 소형건조대가 그대로 얼굴을 향해 퍽 떨어졌다. 건조대용 폴에 걸었는데 폭이 좁은 곳이어서 잘 걸리지 않았던 모양이다. 구조적으로 어쩔 수 없었지만, 화가 나서 그 작은 빨래건조대는 버려버렸다.

집에서 기모노를 입을 때는 반드시 위에 갓포기소매 있는 앞치마

머리를 쓰자…
머리를 쓰자…

나 미즈야기기모노가 더러워지지 않도록 소매 등 상반신 전부를 커버하는 옷를 걸치는데, 일반 옷을 입었을 때처럼 팔을 움직이면 기모노 소매 부분의 두께 때문에 감각이 없어져서 조리대 위의 물건들을 쓰러뜨리기도 하고 소매에 가스 불이 붙기도 한다. 이것은 정말 위험해서 항상 조심하고 있다.

스스로 주의하려고 대책을 생각하는 경우는 그나마 낫다. 어쩌면 내가 상상하지 못한 사고도 앞으로 일어날 가능성이 있다. 남편도 자식도 손자도 없어서 보이스피싱 같은 건 걸릴 일이 없다. 환급금도 일단 세금 관련한 금전의 흐름은 파악하고 있어서, 어머, 그래요? 하고 현금지급기에 갈 일은 없다.

그러나 사기꾼이 새로운 방법을 연구해서 허점을 노리면 어쩔 수가 없다. 어디서 입수했는지는 모르겠지만, 내 메일 주소로 스팸메일이 온다. 나는 그 회사 카드를 갖고 있지 않은데,

"구입해 주셔서 감사합니다."

하는 내용의 메일이다. 자세히 보면 메일의 형태가 이상하지만, 만약 그 카드를 갖고 있는 사람이 몇십만 엔이라는 청구 금액을 본다면, 자기 카드가 부정사용당했다고 황급히 연락할 것 같다. 무서운 세상이다.

그야말로 세상은 집안도, 밖도 위험한 것투성이지만, 의심 귀

신이 될 필요는 없다. 그러나 아무 생각 없이 지내는 것보다는 조금이라도 위기 극복을 위해 머리를 써두는 편이 좋지 않을까 생각하며 하루하루를 보내고 있다.

나랑 안 맞네
그럼, 안 할래

초판 1쇄 인쇄 2019년 10월 7일
초판 1쇄 발행 2019년 10월 16일

지은이 무레 요코
옮긴이 권남희
펴낸이 고미영

책임편집 홍성광
편집 이승환 이민선
디자인 신선아
일러스트 최진영
마케팅 정민호 박보람 나해진
최원석 우상욱
홍보 김희숙 김상만 오혜림
지문희 우상희
제작 강신은 김동욱 임현식
제작처 미광원색사(인쇄)
경일제책(제본)

펴낸곳 (주)이봄
출판등록 2014년 7월 6일 제406-2014-000064호
주소 10881 경기도 파주시 회동길 210
전자우편 yibom@yibombook.com
팩스 031-955-8855
문의전화 031-955-3570

ISBN 979-11-88451-63-0 03830

• 이 도서의 국립중앙도서관 출판시도서목록(CIP)은 서지정보유통지원시스템 홈페이지
(http://seoji.nl.go.kr)와 국가자료공동목록시스템(http://www.nl.go.kr/kolisnet)에서
이용하실 수 있습니다. (CIP 제어번호: CIP2019038260)

무레 요코의 외할머니 이야기

모모요는 아직 아흔 살

여전히 귀엽고 호기심 충만한
아흔 살 모모요의 '나 홀로 도쿄 여행기'

"지금 가지 않으면 어쩌면 다신 도쿄도 못 가보고
저세상에 가버릴지 모르잖냐."
"나, 도쿄에 갔다 올 거야."
모모요는 이렇게 선언하고, 짐을 꾸려서 상경했다.

목적은,
"호텔에서 혼자 잘래."
"우에노 동물원에 가서 판다를 볼 거야."
"도쿄 돔 견학."
"도쿄 디즈니랜드에서도 놀고."
"하라주쿠에서 쇼핑하기."
이 다섯 가지였다.

모모요는 과연 이 목표를 클리어할 수 있을까?